Tina Furahn

Geht mein Herz dir Blumen pflücken

Kurze Geschichten

Bibliografische Information der Deutschen Nationalbibliothek:
Die deutsche Nationalbibliothek verzeichnet diese Publikation in der deutschen Nationalbibliografie; detaillierte bibliografische Daten sind im Internet über dnb.dnb.de abrufbar.

©2024 Tina Furahn
Herstellung und Verlag: BoD – Books on Demand, Norderstedt
ISBN 978-3-7583-7227-8

Meinen Eltern

Jede einzelne unserer
Entscheidungen ist mit dem
Leben anderer Menschen verwoben.

Inhalt

Mutig

Sie mochte die Lehrerin nicht.

Sie mochte die Schule nicht.

Das Gebäude war uralt, dunkel und es roch in jedem Winkel wie der Wassereimer in Omas Garten, in dem Brennesseljauche hergestellt wurde, um die Pflanzen zu düngen. Auch ihre Mitschülerinnen mochte sie nicht und schon gar nicht ihre Mitschüler. Warum sie ihre Lehrerin nicht mochte, hätte sie bis zu diesem Moment nicht sagen können. Nun aber stand auch das fest wie die hundertjährige Eiche im Garten ihrer Großeltern, die selbst der letzte Herbststurm nicht biegen konnte.

Vier Schuljahre lang redeten die Eltern auf sie ein, sie solle doch ihr Glück sehen, das sie an dieser wunderbaren Schule hatte, sollte anerkennen, dass sie mit diesen einzigartigen Lehrern zu Höchstleistungen gebracht wurde und dass ihr dadurch nun bald alle Gymnasien offenstünden.

Weder ihre Eltern noch ihre Großeltern und schon gar nicht ihre Lehrerinnen bemerkten je, dass sie vom ersten Schultag an einen viel zu schweren Rucksack trug. Einen Rucksack vollgestopft mit Mutlosigkeit.

Sie kannte aus ihrer Kindergartenzeit das Buch vom kleinen Angsthasen. Und in der Schule kannten es auch ihre Mitschüler. Schon am ersten Schultag, als sie in der Pause nicht mit den anderen Mädchen „aus Spaß" auf die Jungentoilette ging, hatte sie den Spitznamen *Kleiner Angsthase* erhalten. Wenn man erst einmal einen Ruf weghat, klebt er an einem wie ein angelutschter Bonbon unter dem Schultisch. Sie war die Feige, die Übervorsichtige, die Langweilige. Seit vier Schuljahren spürte sie das jeden Tag aufs Neue.

Zu feige, das stille Mädchen aus der Parallelklasse anzusprechen. Sie wäre so gern ihre Freundin.

Zu feige, die Lehrer anzusprechen, um ihnen von den Streichen und Hänseleien ihrer Mitschüler gegen sie zu berichten.

Zu feige ihren perfekten, erfolgreichen Eltern von ihrer ewigen Mutlosigkeit zu erzählen.

Und auch zu feige, ihre über alles geliebte Oma mit ihren Misserfolgsgeschichten zu enttäuschen.

Sie war die Mutlosigkeit in Person. Und nun war das der Gipfel. Ausgelöst durch diese Lehrerin da vorn, die seelenruhig am Schreibtisch saß und die Macht hatte, sie mit einer Aufgabe zu quälen, die sie in Mark und Bein erschütterte.

Wann warst du besonders mutig? Erzähle eine Mutmachgeschichte.

Dass das Aufgabenblatt auch noch schön illustriert und der Angsthase aus ihren Kindergartentagen abgebildet war, empfand sie als zynisch, auch wenn sie es mit diesem Wort nicht hätte ausdrücken können.

Sie mochte diese Lehrerin nicht.

Und wie man mutig ist, weiß sie nicht. Mehr gibt es nicht zu sagen.

Links und rechts schrieben alle Schüler emsig, kauten vor Aufregung an ihren Stiften und strahlten verträumt, denn sie genossen die inneren Bilder ihrer stolzen Momente des Mutigseins.

Sie sah aus dem Fenster. Lange. Sehr lange.

Dann schrieb sie die Frage aus ihrer Perspektive:

Wann war ich mutig?

Und fügte auf der nächsten Zeile fest entschlossen in Großbuchstaben ein:

NIE.

Und wie zur Stütze dieses einen kleinen aber mächtigen Wortes, damit es sich nicht allzu sehr allein auf dem weißen Blatt Papier gruselte, ergänzte sie:

Ich bin ein Angsthase.

In der folgenden Deutschstunde lagen die korrigierten und jeweils mit einer Note bewerteten Geschichten aller Kinder bereits auf ihren Plätzen.

Auf ihrem Blatt hatte die Lehrerin *Sehr mutig.* geschrieben und *Vielen Dank für deine Ehrlichkeit.* und ihr eine Eins gegeben.

Damit hatte sie nicht gerechnet, aber sie verstand die Botschaft dahinter und freute sich. Sie begann, die Lehrerin ein wenig zu mögen.

Stolz legte sie das Blatt ihren Eltern auf den Küchentisch.

Wenige Tage später beschwerten sich ihre Eltern bei der Schulleiterin über diese „verweichlichte Pädagogik", wie ihr Vater es formulierte. Beide gaben mit Nachdruck ihre Bedenken über den Leistungsanspruch an dieser Schule zum Ausdruck und forderten, dass ihre Tochter den Aufsatz noch einmal mit einer vorgegebenen Wortanzahl zu schreiben habe. Ein so kompromisslos vorgetragener Elternwille ist schwer zu brechen. Das wusste die Schulleiterin und das verstand auch die Lehrerin.

Sie fügten sich.

So schrieb sie am Nachschreibetermin erneut das schon Bewährte:
Wann war ich mutig?
Nie.
Ich bin ein Angsthase.

Am nächsten Tag registrierte sie ausdruckslos die hauchdünne, klitzeklein geschriebene Sechs auf dem Blatt. Doch als sie den Kopf hob, traf sie den verschwörerischen, warmen Blick ihrer Lehrerin und ein zartes Lächeln huschte über ihr Gesicht.

Einsammeln

Sie wünscht sich, die Sprache nicht zu verstehen. Nicht die Verzweiflung, die in den Worten liegt und nicht die augenscheinliche Panik des Sprechenden am anderen Ende des Handys, obwohl sie durch den Geräuschpegel der Straßenbahn nur die Stimme der alten Frau hört, die eindringlich in ihr Handy spricht. Gerade, weil sie dem Verstehen dieser Worte nicht ausweichen kann, nimmt sie wahr, was aus dem Gespräch in das Ohr der Telefonierenden dringt.

Ohne Sprachkenntnisse wären ihr die Stimme und der eindringliche Singsang der Babuschka entsetzlich auf die Nerven gegangen. So aber bahnt sich jedes Wort über das Verstehen einen Weg in ihr Herz, das sich nicht abschalten lässt, nicht erhaben sein kann über die verzweifelte Lage fremder Personen.

„Witja, sorge dich nicht", hört sie. „Was regst du dich auf? Es hat nichts zu bedeuten, dass dein Vater sich nicht um dich kümmert."

Sie steht nur einen halben Meter entfernt im Gang der Tram. Die Luft ist stickig im engen Gedränge.

„Witja, beruhige dich doch!"

Das Gefühl, sich abwenden zu wollen, dem Leid Fremder zu entgehen, zeigt sich in ihrem Gesicht durch eine tiefe Stirnfalte. Wie nur, wie kann sie es schaffen, das Gesagte nicht mehr aufzunehmen.

Sie schaut angestrengt aus dem Fenster, versucht die weihnachtlichen Lichter bewusst konzentriert zu betrachten und kann doch die Sprache, die sie vor vielen Jahren während ihres Studiums in der damaligen Sowjetunion gelernt hat, nicht ausblenden.

„Beachte ihn nicht.", hört sie die eindringlichen Worte der alten Frau. „Dann mache ich das. Alles wird gut! Ich schicke dir eine Einladung. Witja, wir erwarten dich hier. Alles wird gut! Alles wird gut!"

Wonach es ganz und gar nicht klingt, denkt sie mit einem tiefen Seufzer. Die Luft in der Tram fühlt sich schwer an, denn es hängt ein süßlich parfümgetränkter Duft zwischen ihr und der Russisch sprechenden Frau.

„Bleib ganz ruhig! Du kommst zu uns. Alles wird gut! Wir holen dich nach Deutschland. Ich schaffe das. Alles wird gut! Du bist bald bei uns. Alles wird gut!"

Ein richtiges russisches Mütterchen. So, wie sie viele freundliche Alte während ihres Studiums in der Stadt am Don auf den Straßen sehen konnte. Sie trugen ihr Kopftuch fest unter dem Kinn geknotet und aus dem tief faltigen Gesicht blitzten ein paar Goldzähne hervor, wenn sie lachten.

Diese Babuschka zeigt kein Lachen. Ihr sorgenvoller Blick wendet sich an ihre Sitznachbarin und erst jetzt erkennt sie, dass die beiden zusammengehören.

„Er fürchtet, dass sie ihn bald einziehen werden."

Kraftlos richtet die Sprechende ihren Blick ins Leere.

„Sie werden ihn einsammeln."

Ihre Nachbarin nickt stumm.

„Sie werden ihn einsammeln", bestätigt diese dann traurig. Für ein „Alles-wird-gut" ist kein Platz mehr in der sich weiter füllenden Straßenbahn.

Als sie die Tram verlässt, nimmt das *Einsammeln* Gestalt an, es produziert Bilder vor ihrem geistigen Auge. Wie in einem Film sieht sie uniformierte

18

Männer einen auf der Straße gehenden Jugendlichen ergreifen und auf einen Mannschaftswagen werfen. Sie schüttelt kräftig den Kopf, aber diese Bilder lassen sich einfach nicht abschütteln. Sie trägt die Verzweiflung einer ihr fremden Familie den ganzen Tag in ihren Gedanken.

Am Abend taucht sie wieder in das Stimmengewirr aus Sprachen und Geräuschen der überfüllten Tram ein. Wie gut, sagt sie sich, dass sie nur eine Fremdsprache verstünde. Unendlich schwer wäre ihr Herz, wenn sie all die Worte, die in allen Sprachen dieser Welt in Berlins Bussen und Bahnen in Telefone gesprochen werden, verstehen würde.

Dreharbeiten

Ein flatterndes Absperrband. Mehrere Fahrzeuge an den Straßenrändern.

DREHARBEITEN

Die Einwohner von Potsdam-Babelsberg nehmen es stoisch zur Kenntnis und reihen sich geduldig ein in den plötzlichen Verkehrsstau auf den schmalen Straßen dieses kleinen, feinen Stadtteils der brandenburgischen Landeshauptstadt. Dort, wo hohe, ehrwürdige, alte Bäume sanfte Schatten auf herausgeputzte Villen werfen. Fünfunddreißig Jahre nach dem Mauerfall finden sich hier restaurierte Schmuckstücke, geschichtsträchtige Gebäude und neu gebaute Vorstadtvillen. Und nur einen Steinwurf entfernt eine Stadt in der Stadt, die Medienstadt Babelsberg, an der ich tagtäglich auf meinem Weg zur Arbeit vorbeifahre. Rundfunkstudios, Fernsehproduktionen, Filmstudios, Erlebnis-Filmpark. Alles, was dazugehört an Ort und Stelle. Und manchmal eben auch darüber hinaus.

DREHARBEITEN

Hat man Glück, lautet es nur auf flüchtig aufgestellten Hinweisschildern: „Heute wegen Dreharbeiten das Parken auf beiden Seiten der Straße verboten." Ist die Straße komplett gesperrt, wird es anstrengender, denn Alternativen sind rar.

Die Gutmütigen unter den Einwohnern des Stadtteils ertragen derartige Hindernisse leichter als Pendler wie ich. Für sie ergibt sich endlich einmal wieder die Möglichkeit, ein paar Runden durch den geliebten Stadtteil zu drehen, bis sich ein Parkplatz gefunden hat. Beim Spazierweg zurück zum eigenen Haus staunen sie dann nicht schlecht über diese und jene Renovierung. Denkmalschutzgerecht mit neuer Terrasse zum See. Vielleicht fragt sich ein Alteingesessener auf diesem unfreiwilligen Spaziergang auch: „Wer kann das bezahlen?", bis er die Autokennzeichen vor diesen Häusern erspäht. Ein P für Potsdam findet er darunter selten.

Totalsperrung. Zu. Dicht.

IN DIESER WOCHE DREHARBEITEN!

Wagemutige beschließen nach Ankündigungen von Straßensperren, sich endlich einmal wieder sportlich mit dem Rad vorwärtszubewegen und wissen recht schnell, warum sie ihren teuren Drahtesel doch so selten nutzen.

BabelsBERG!

Das spürt man beim Radeln schmerzhaft in den Waden. Ein E-Bike wäre uncool. Also bleibt man autofahrend, manchmal im Schneckentempo kriechend, schön gemächlich den Leih-Fahrräder-Radlern, die sich ebenfalls mit dem Berg in Babelsberg abmühen, hinterher tuckernd und man wundert sich über nichts. Auch nicht über eine plötzliche Vollsperrung aufgrund von Dreharbeiten.

Dann plötzlich spazieren zwei Kommissare den Gehweg entlang, die man gerade gestern noch im Fernsehen sah und augenblicklich erscheint die Sperrung erträglicher, ja geradezu als exklusives Ereignis, das im Freundeskreis als kleine Anekdote neidvolle Blicke auslösen wird. Bloß nicht stören. Lass die Leute ihre Arbeit machen, lautet zwar die Devise, und doch werden die geparkten LKW mit ihren geöffneten Seitenklappen neugierig aus den Augenwinkeln beäugt. Verpflegung, Maske, Technik, Regie. Alles dabei.

*

An einem kühlen Babelsberger Herbstabend steige ich nach der Arbeit in mein Auto. Schon nach etwa zwanzig Metern hält mich ein Polizist an:

„Sie fahren mit Standlicht."

Aufgeregt drehe ich an meiner Lichteinstellung herum.

„Mist", entrutscht es mir und dann ängstlich an den freundlichen Polizisten gewandt: „Tut mir leid. Jetzt ist es richtig. Kostet mich das was?"

„Sie haben Glück", erwidert der freundliche Uniformierte, „Ich bin nicht echt."

Er zwinkert mir listig zu, breitet seine Arme aus und dreht den Oberkörper nach links, dann nach rechts wie ein Model.

„Beste DDR-Ware. Eine Original-Polizeiuniform des Ostens. Die müssten sie eigentlich schon ein paar Jährchen hier nicht mehr gesehen haben."

Sein verschmitztes Grinsen kränkt mich und wütend schlage ich mir die flache Hand auf die Stirn.

„Das klingt ausgedacht", sage ich. „Das glaubt mir kein Mensch."

Im Rückspiegel sehe ich, wie der falsche Freund und Helfer mit der Hand an der Mütze salutiert.

*

Im Sommer verreise ich in den Süden. Mal rauskommen aus Potsdam, in dem sich ganzjährig Touristen tummeln und Zugezogene den Anschein erwecken, im Dauerurlaub zu sein. An jedem Tag der Woche gleichen Straßen, Fußgängerzonen, Park- und Wasserwege einem aufgescheuchten Bienenstock. Es surrt und summt und hupt. Es radelt und paddelt und joggt. Es schlendert und kauft und speist. Nur ab und zu geht dieses Wimmelbild durch Dreharbeiten in eine Zwangspause.

*

Hätten sie doch nur ein einziges Schild aufgestellt. Einen Hinweis irgendwo angebracht. Ich wäre sofort umgekehrt und hätte die Leute störungsfrei ihre Arbeit erledigen lassen. Dreharbeiten. Das kenne ich doch aus Babelsberg. Doch Südtirol heißt *Süd*-Tirol, weil es im Süden sonniger und somit geruhsamer und deshalb unbürokratischer und auf jeden Fall unkomplizierter ist. Wozu auf einer Burgruine, auf einem Berggipfel Hinweisschilder aufstellen? Die Eingangstür wird angelehnt und fertig. Zwischen *angelehnt* und *aufgedrückt* liegen für mich nur Sekunden. Ich habe mir die Burgruine oberhalb von Bozen mühsam bei drückender Mittagshitze erwandert, also wird das Ziel nun auch erkundet.

„D-R-E-H-A-R-B-E-I-T-E-N!!!!!"

Es klingt wie „Stehen bleiben oder es wird geschossen!"
Ich erstarre.

Der Mann mit der kräftigen Stimme eilt auf mich zu. In der Hand die Leine eines Hundes, der laut kläffend seinen Job macht. Zwischen halben Mauern und großen Steinen, kampfbereit jagt mir der Vierbeiner so viel Respekt ein, dass ich mich lieber nicht mehr rühre. Mein Gehirn setzt aus. Ich wage nicht, etwas zu sagen, zu zucken oder zu atmen.

Angst.

Schreck.

Erschöpfung von der Wanderung.

Zitternde Knie.

Dünne Höhenluft.

Hitze.

Keine Atmung. Durst. Schwindel. Panik... und rums. Unsanft schlage ich auf Stein auf. Ich nehme noch eine Gestalt vor mir wahr. Dann reißt der Faden. Nebel und Stille.

Im Rettungshubschrauber der Bergwacht fühle ich das freundliche Lächeln einer Sanitäterin. „Dreharbeiten", flüstert eine Stimme in meinem Kopf. „Alles unecht. Alles nur Dreharbeiten". Die Geschichte des falschen Polizisten schiebt sich zwischen diese Gedanken. Dann die Erinnerung an einen Film über Mediziner in den Bergen. Den kenne ich doch. Bloß der Filmtitel will sich einfach nicht auf die Zunge schieben. Dann rutsche ich wieder aus dem Bewusstsein und komme erst im Krankenhaus mit allen Sinnen zurück in diese Welt.

Meine Tochter ist großartig, denn sie nimmt am nächsten Tag eine achtstündige Bahnfahrt auf sich, um mich nach meiner Entlassung aus dem Krankenhaus mit meinem Auto nach Hause zu fahren.

„Was drehen sie da eigentlich?", will sie wissen.

„Waren da auch berühmte Schauspieler?"

„Wann und wo kann man den Film sehen?"

„Bist du zur Prämiere eingeladen? Als Entschädigung? Das ist doch das mindeste."

„Ich muss dich enttäuschen", sage ich. „Das kleine Team samt Hund dreht über den Dächern von Bozen einen Werbefilm über Südtirol."

*

Ich habe diesen Film bis heute nicht gesehen.
Aber das macht nichts. Wirklich! Das kann ich verkraften.

Für das ganz große Kino bleibt mir immer noch Potsdam-Babelsberg.

Von der Schwierigkeit, eine Freundschaft zu beenden

Kaum habe ich meine Einladung ausgesprochen, wird unser Telefonat zu einem Drama. Du inszenierst eine Tragödie mit klaren Fronten von Gut und Böse. Mir, der Bösen, wird mangelndes Einfühlungsvermögen angedichtet, wodurch du, die Gute, in Bedrängnis gebracht wirst.

„Könntest du dir vorstellen, was ich beruflich zu leisten habe, dann sprächest du solch einen Wunsch gar nicht erst aus", höre ich dich sagen.

Schließlich verfällt deine Stimme sogar in einen weinerlichen Ton.

„Würdest du bedenken, wie sehr ich diesen Urlaub brauche, eine Schiffsreise, die mir alle Bequemlichkeiten bietet, du kämest nicht auf solch absurde Ideen, mich an deinem Geburtstag, und sei es auch ein runder, stundenlang an einen Tisch zu setzen, um mit deinen Verwandten langweilige Gespräche über das Wetter zu führen."

Der aussterbende Konjunktiv kommt dir dabei federleicht über die Lippen. Diese Konstruktion, die kaum noch zu hören ist. So affektiert, antiquiert und aufgesetzt klingt sie aus deinem Mund. Du zielst darauf ab, mich deine Überlegenheit wieder einmal über vierhundert Kilometer hinweg fühlen zu lassen. Meine Gedanken sind unsortiert und ganz und gar nicht rational. Sie bauen sich aus Wut, Enttäuschung und Bestätigung des längst geahnten Endes dieser Freundschaft auf.

Fahr doch, wohin du willst. Ich schließe das Kapitel an dieser Stelle ab. Für mich ist es ab sofort nicht mehr eine Frage im Konjunktiv. *Wie wäre es, wenn ich diese Freundschaft einfach beenden könnte.* Nein, klar heraus. Es handelt sich doch längst um einen Ist-Zustand. Um einen Indikativ. Diese Freundschaft *ist* keine Freundschaft. Vielleicht war sie es nie. Was auch immer uns verband, es ist zu Ende. Jetzt und hier. *Ich wünsche keinen Kontakt mehr.* Das ist kein schwerer Satz. Kein Zungenbrecher. Keine missverständliche Formulierung.

Oder: *Ruf nicht mehr an.*
Oder: *Na, dann, leb wohl.*

Doch diese kurzen, klaren Sätze sind schwer wie Steine, die es nicht über meine Lippen schaffen. Stattdessen überwältigt mich ein Impuls. Kurzerhand drücke ich das rote Hörersymbol.

Vor dem Fenster fliegt eine Schar Spatzen auf.

Stille.

Herzklopfend durchschreite ich meine Wohnung mit festen Schritten. Dann schreibe ich dir eine SMS.

Oh, wir wurden unterbrochen. Komisch.

Und nach einer Sekunde eine zweite SMS.

Gute Reise!

Zwei Monate später schallt dein Lachen durch das Restaurant, in dem ich meine Geburtstagsparty gebe. Es sieht nicht danach aus, als würdest du mit meinem Vater ein Gespräch über das Wetter führen. Der Blick meiner Mutter sagt vielmehr, dass mein Vater dich wohl ein bisschen zu sehr bewundert, dass er dir wohl Komplimente aneinanderreiht und ihr einander lustige Geschichten zum Besten gebt. Ich wette, es sind allesamt Erzählungen von allzu dummen Menschen, die naiv durchs Leben tapsen. Eure Überheblichkeit lese ich euch von der Körpersprache ab.

Später tanzt du ausgelassen und weinselig mit meinem Schwager, der mir bei der Verabschiedung zuraunt:

„Deine Freundin ist wirklich wunderbar. Sie hat sogar ihre Kreuzfahrt abgesagt, um heute hier zu sein. Chapeau!"

Zwei Monate lang habe ich mich nicht bei dir gemeldet, habe keine Nachricht beantwortet und den Telefonhörer nicht abgenommen, wenn ich deine

Nummer erkannte. Sollten zwei Monate des Schweigens dir die Augen geöffnet haben? Ist das Zusammensein mit fröhlichen Menschen auf meiner Feier vielleicht auch eine gute Erholung von deinem aufreibenden Job? Kann es sein, dass du in unserer Freundschaft doch einen Wert sehen kannst, der die Kreuzfahrt übersteigt?

Am nächsten Morgen, als du im Türrahmen meines Gästezimmers stehst, hältst du den Kaffeebecher mit beiden Händen, als bräuchtest du dringend seine Wärme.

„Kann ich ein paar Tage bei dir bleiben?"

Ich zucke mit den Schultern, was alles heißen kann. Meinem fragenden Blick weichst du aus.

„Ich habe meinen Job verloren", höre ich dich sagen. „Vielleicht finde ich in Berlin etwas Neues."

Drei

Als er beschloss, drei Jahre auf sie zu warten, hatte er bereits drei Jahre gewartet, bis es ihm endlich gelang den Entschluss zu fassen.

Als sie nach drei Jahren kam, um ihm zu sagen, sie würde bleiben, wollte er sie doch lieber in drei Jahren noch einmal neu befragen.

Nach weiteren dreimal drei Jahren endlich entschied er sich für sie, doch er konnte sie nirgends finden.

Drei Jahre lang suchte er sie vergeblich.

Dann, nach drei Monaten des Grübelns, traf er die erste klare Entscheidung seines Lebens.

Nach nur drei Stunden zog seine Mutter bei ihm ein.

Der Schal

Kaum hat der Chef den Raum verlassen, bricht sich ein lautes babylonisches Stimmengewirr Bahn. Enttäuschung, Unverständnis, Wut - alles dabei. Die einen lauter die anderen leiser, dennoch mit sehr eindeutigen herben Formulierungen, aber immer mit einer Vehemenz im Widerstand gegen das soeben vom Chef Gesagte. Auf der Sitzung davon kein Wort. Nun aber im Nachhinein demonstrieren alle Einigkeit.

Wie feige!, denkt Janine.

Was wäre das für eine Kraft gegen die sinnlosen Anordnungen des Chefs! Was hätten sie in mutiger Gemeinsamkeit durchsetzen können?
Nichts davon geschieht und Janine muss sich eingestehen, dass auch sie wie angewurzelt auf ihrem Platz saß. Gleich rechts neben dem Chef. Es war ihr unangenehm, aber der Zufall wollte es so. Oder nein. Sie kam als letzte in den Raum. Alle Plätze waren besetzt, bis auf dem direkt neben ihrem Vorgesetzten. Kein Zufall. Wer zuletzt kommt, muss da eben durch.

Sie können jetzt den Mund aufreißen, sich die Mäuler zerfetzen und die neuen Anweisungen sinnlos, Bullshit und kontraproduktiv nennen.

Ihr seid es doch selbst, denkt sich Janine. *Ihr, die ihr alle zu gern in der wohligen Masse schwimmt, die ihr den Chef vorschiebt, statt selbst etwas zu entscheiden, die ihr in eurer selbstherrlichen Beweihräucherungswelt bequem eingerichtet seid.*

Bis auf die Sekretärin, die nach der Sitzung eilig ihrem Chef ins Büro nachläuft, ist sie im Team die einzige Frau. Die Vorzeigefrau. Quotenerbringung statt Kompetenz. Das war ihr von Beginn an klar. Schon im Bewerbungsgespräch hörte sie es aus allem Gesagten zwischen den Zeilen heraus. Sie stört sich nicht daran, denn sie weiß, dass sie nur dieses eine Jahr beruflich überbrücken werde, bevor sie mit ihrem Ehemann die Arztpraxis seines Vaters übernehmen würde. Jan wollte nur erst noch etwas Erfahrung in der Charité sammeln, bevor er diesen Schritt zurück in seine ländliche brandenburgische Heimat gehen würde. Raus aus der hektischen Hauptstadt. Zurück in die kleine Stadt Fontanes, in die Idylle mit dem See, auf dem sie mit ihrem alten Kanu zu Hause sind.

In Janine steigt Wut hoch. Auf ihren Unterarmen zeigt sich ein rotpunktiger Ausschlag. Das kennt sie. Das ist Stress pur. Ärger in der Arbeit, wie ihn tausende tagtäglich durchmachen. Doch ihre Wut richtet sich nicht gegen ihren Chef, sondern klar und kompromisslos gegen seine Gefolgschaft, die nur im Verborgenen Widerstand wagt. Eine angepasste Masse, die am Ende des Monats auf die Gehaltszahlung schaut und dann doch wieder bereit ist, sich alles, aber wirklich auch alles bieten zu lassen.

Im Großraumbüro vor den Schreibtischen verpufft der Ärger der Kollegen langsam, nur Janines Wut steigt. Ein Jahr denkt sie, nur dieses eine Jahr. Etwas Geld verdienen und eigene Erfahrungen in der Buchhaltung sammeln. Dann würde sie in der Arztpraxis den Papierkram machen und ab und zu auch in der Anmeldung sitzen. Darauf freute sie sich. Sie ist ja ein Kind dieser kleinen Stadt und viele Bekannte werden zu ihren Patienten gehören.

Der nächste Tag beginnt schleppend. Irgendwie haben heute alle die Gleitzeit ausgereizt. Janine war wie immer kurz nach Sieben auf ihrem Platz. Die erste und somit auch jene, die nach ungeschriebenem Gesetz für alle den Kaffee in der Teeküche zu kochen hatte.

Werner, der gestern nach der Sitzung besonders laut diskutierte, stellt sich wenig später zu ihr, schaut zu, wie sie die Kaffeemaschine bedient und spricht von rasenden Kopfschmerzen. Er bittet sie um eine Schmerztablette und gesteht, dass er seinen gestrigen Ärger mit Alkohol heruntergespült habe und schließlich ordentlich angeheitert eine Mail an den

Chef geschrieben hätte. Ganz allein, aus eigenem Antrieb. Stolz drückt er den Rücken durch. Auf gemeinschaftlichen Widerstand hätte er in diesem Saftladen schon zu lange gewartet. So kurz vor dem Ruhestand fühle er sich mutiger. Vielleicht schaffe er es nun endlich mal, sich ehrlicher zu machen, in diesen letzten paar Arbeitsjahren.

Dann gesellt sich Frank dazu, sieht verärgert aus, weil der Kaffee noch nicht durchgelaufen ist und reagiert auf Werners Beichte, deren letzte Worte er gerade noch so aufschnappt, mit dem Eingeständnis, dass er erst einmal seine Therapeutin angerufen habe, die ihm dann einen Spontantermin per Video-Call freimachen konnte.

„Zum Glück", sagt Frank. Es habe ihn zwar eine Stange Geld gekostet, aber wie hätte er sonst nach der besagten Sitzung von seinem Stresslevel herunterkommen sollen. Die Therapeutin hätte aber ungewohnt heftig reagiert und ihn mit klaren Worten aufgefordert, nun endlich klare Entscheidungen zu treffen. Er stemmt die Arme selbstbewusst in die Hüften und verkündet, spätestens nach Weihnachten würde er seine Kündigung schreiben.

Sie trudeln alle nacheinander ein und finden vor dem von Janine frisch gebrühten Kaffee in trauter Gemeinsamkeit zusammen, indem sie von ihren Verarbeitungsstrategien des gestrigen, für sie so unerträglichen Ereignisses berichten, ausgelöst durch diese unerhörten Anweisungen ihres vollkommen unfähigen und unwissenden Chefs. Der laute Selbstbewusste mit dem besonders großen Schreibtisch an der Fensterseite, dessen Name Janine sich nicht merken kann, weil sie ihn sich nicht merken will, denn er bezeichnete sie an ihrem ersten Arbeitstag als *„unsere Ossifrau"* - dieser Typ gesteht, er habe den Abend mit seinem Personaltrainer verbracht, der ihm eine zusätzliche Supervisionsberatung angedeihen ließ.

Und Vincent, der Neue, frisch und motiviert vom Studium gekommen, schlägt in die gleiche Kerbe. Er würde für seinen Berufseinstieg seit sechs Wochen von einem professionellen und, wie er betont, erstklassig ausgebildeten Coach begleitet und konnte auf diese Weise gestern ebenfalls seine therapeutische Entlastung finden.

Zu allem nickt Janine stumm. Dann geht sie an ihren Arbeitsplatz und verliert sich in dem Stapel Rechnungen, der sich in ihrem Computer angesammelt hat. Von Aufregung keine Spur. Das hat sie gestern Abend noch hinter sich lassen können.

Wie kann sie das gestern Erlebte nur einfach so abschütteln? Ihre Kollegen registrieren verunsichert, dass Janine gedankenversunken in sich hineinlächelt und dabei den rechten Arm massiert, als würde er schmerzen, während sie sich Blicke der Empörung hin und her werfen, noch immer verkniffen und mit tiefen Furchen auf der Stirn.

„*Unpolitisches Arbeitstier*", flüstert Frank seinem Kollegen gegenüber zu.

„*Gelernter Gehorsam*", erwidert dieser mit einem zustimmenden Kopfnicken.

Sie wissen nichts von Janines ganz eigenen Therapien. Sie wird einen Teufel tun, ihren Kollegen von ihren kostengünstigen Entlastungsstrategien zu erzählen. Sie wird sich nicht ihrem Spott aussetzen. Dankbar denkt sie an ihren Mann, an seine klugen Bemerkungen zu ihrer im Gespräch mit ihm immer kleiner werdenden Wut. Und sie genießt das Gefühl der Gewissheit, dass sie diesem unterkühlten Großraumbürotreiben in wenigen Monaten den Rücken zuwenden kann.

Was hat sie nur heute mit diesem Schal. So kalt ist es doch gar nicht, denkt Werner. Er tippt mit der Hand an den Hals und wackelt dann mit dem Kopf in Richtung Janine, um die Kollegen um ihn herum auf das unpassende Kleidungsstück aufmerksam zu machen. Sie drehen die Augen und schütteln den Kopf. Die spinnt. Daran gibt es keinen Zweifel.

Janine registriert die Arroganz aus den Augenwinkeln. Sie schmunzelt milde und kuschelt sich demonstrativ in den bunten Wollschal um ihren Hals.

Einen ganzen Schal in dieser Länge hat sie schon seit Jahren nicht mehr an einem Abend gestrickt. Gestern ging es wie von selbst. Sie strickte gegen den unerträglichen Arbeitstag an, der hinter ihr lag.

Vielleicht versuche ich es beim nächsten Mal mit Handschuhen oder mit Socken, denkt sie.

Beides war ihr bisher zu kompliziert.

Mondnacht

Sie sitzen am Strand. Sie wissen, sie sollten hier nicht sitzen. Sie sind nicht mehr ganz jung. Nicht alt genug, um die Vernunft zu verjagen.

"Ich liebe das Meer", sagt der eine.
Gemeinsames verbindet, denkt der andere.
Sie schweigen. Es ist gut. Es bringt sie näher.

"Ich bin müde."
"Lehn dich an."

Sie sitzen lange. Es ist gut so. Aber die Unruhe wächst.

"Ich liebe meinen Sohn. Er ist begabt."
Warum schweigt er nicht, denkt sich der eine.
"Ich bin dein Freund", erwidert der andere.

Unerträglich die Nähe.

"Ich fühle mich einsam ohne dich", sagt der eine.
"Ich weiß", sagt der andere.

Das Neutrum

„Setz dich mal, Willi."

Norbert weist auf den Stuhl am Besprechungstisch, während er sich schwerfällig hinter seinem Schreibtisch erhebt. Mit der linken Hand wedelt er in Richtung Besucherstuhl. In diesem Moment öffnet sich die Bürotür und Frau Wunder, Norberts Sekretärin, stellt schweigend zwei Tassen und eine Kanne Kaffee auf den kleinen runden Tisch. Willi ahnt sofort, dass hier etwas nicht stimmt.

„Wir... müssen... über dein... Manuskript... reden."

Worte klingen seit einigen Jahren aus Norberts Mund wie mühsam aus Untiefen hervorgehobene Felssteine. Alles an ihm ist schwer – sein Körper, seine Kleidung aus festen Stoffen, sein Gang nach drei Bandscheibenvorfällen, sein Atem wegen des Übergewichts – einfach alles und jedes Wort, das langsam hervorgepresst wird, besitzt eine Schwere, die das Gehörte für Willi auch schwergewichtig erscheinen lässt.

„Wir – müssen – über – das – Manuskript – reden."

Das kann nur heißen: Es ist jetzt genug. Es ist aus. Seine Romane werden aus dem Verlagsprogramm genommen. Was sonst soll dieses *Wir-müssen-reden?* Nie, nicht ein einziges Mal wollte Norbert bisher über Willis Manuskripte reden. Sie laufen im Verlagsprogramm wie Butter, wie geschmiert. So hat es Norbert als Verlagsdirektor, Geschäftsführer, Begründer und Besitzer letzten Monat selbst formuliert, als er Willi mit einer kleinen Rede zum runden Geburtstag überraschte. Er sei ein verlässlicher Partner des Verlags mit schier unendlichen Ideen für diese einfachen Geschichten, immer nach dem gleichen Strickmuster. Das mache ihm keiner so schnell nach. Leichte Lektüre für das zarte Frauenherz. Das liefe seit dreißig Jahren ungebrochen. Und Willi sei ein Fels in der Brandung für sein kleines Unternehmen, das sich im weiten Meer der gedruckten Worte gegen alles und jeden durchsetzen müsse.

Norbert lässt sich in den Sessel am Besprechungstisch fallen, greift eine der Kaffeetassen und sucht die Augen seines langjährigen Weggefährten. Doch Willi weicht ihm aus. Was wird das? Was will er? Sie haben gemeinsam gut gelebt von diesem kleinen Mini-Verlag. Sogar im E-Book-Geschäft konnten sie fest Fuß fassen und jüngere Leserinnen erreichen. Herz, Schmerz, Intrige, große Gefühle und in letzter Zeit auch Handlungen, die ein Leben aus der Gegenwart einbeziehen, was ihm selbst vollkommen fremd ist, dennoch zeitlos und krisensicher.

Oder ist sein neuer Roman nun doch etwas über das Ziel hinausgeschossen? Wochenlang recherchierte er moderne Berufe in der Computerbranche, die er seinen Figuren andichten konnte. Auch in Sachen Kommunikationskanäle ist er auf dem neuesten Stand. Er ließ in der S-Bahn heimlich eine Handyaufnahme mitlaufen, nur um die Jugendsprache analysieren und einbauen zu können. Tagelang schaute er sich Filme an, die im Internet für Jugendliche empfohlen werden. Sogar in eine angesagte Bar setzte er sich. Leider wohl etwas zu früh am Abend, so dass er kaum Gäste antraf. Aber schon die Namen der Getränke waren reine Inspiration für ihn und wurden in den Roman aufgenommen. Willi kann sich einfach nichts vorwerfen, was die Veröffentlichung seines neuen Buches gefährden könne.

„Die... Sache... ist die", sagt sein Chef schließlich, an Langsamkeit nicht zu übertreffen. „Wir brauchen etwas... Neues. Etwas... nie Dagewesenes. Etwas..."

Norbert stellt die Tasse ab, als wäre sie ihm eine Last, zu schwer, um sie in den Händen zu halten.

„Wir brauchen etwas, worauf alle warten und worüber..., ähm...alle reden werden."

Jetzt schaut Willi ihm in die Augen. Soweit kennt er Norbert. Sein Chef hat schon eine Idee. Es ist nicht alles vorbei. Er hat eine konkrete Vorstellung von dem, was Willi schreiben soll. Und das kann Willi am besten: Schreiben nach den konkreten Wünschen seines Chefs. Dass er dafür eine Antenne hat, rettete ihn bisher seinen festen Platz im Verlagsprogramm. Jetzt kann er Norbert in die Augen sehen. *Heraus damit. Ich schaffe das*, sagt sein Blick und der müde, schwere Verlagsdirektor lächelt ihm erleichtert zu.

„Wir verlegen deinen neuen Roman... geschlechtsneutral. Im Neutrum, sozusagen. Kein *ER*, kein *SIE*, nur *ES*. Wir werden die ersten sein. Eine komplette Geschichte, in der es nicht nur keinen Mann und keine Frau mehr geben wird. Nein. Konsequenter. Wir streichen alle weiblichen und männlichen Formen unserer Sprache. Quasi zwei Liebende auf neutralem Land, sozusagen. Nicht mehr, aber auch nicht weniger."

Norbert redet sich ein wenig in Rage. Das ungewohnte Tempo zwischen seinen Worten hebelt fast seinen Atem aus, so dass er seine Begeisterung bremsen muss, um erst einmal geräuschvoll einen tiefen Atemzug durch den geöffneten Mund zu nehmen.

„Dein Buch bleibt. Es ist bewährt gut, wie immer, Willi. Du ersetzt einfach *ER* und *SIE* durch *ES*. Was sagst du?"

Sein erwartungsvoller Blick prallt auf ein versteinertes Gesicht. Willi weiß sofort, dass Norbert nicht scherzt. Er ahnt, dass es eine Notlage geben muss, dass die Verkaufszahlen Kellertiefen erreicht haben müssen und er weiß auch, dass Norbert stolz ist auf seine Idee, die ihm wie ein Strohhalm erscheint, an den er sich zu klammern beschloss, bevor sich die Kellerluke öffnen und den kleinen Verlag schlucken würde. Er weiß aber auch, dass die Idee seines verzweifelten Vorgesetzten ein ganz und gar unmögliches Unterfangen ist.

„Du meine Güte, Norbert. Das wird nicht funktionieren. Das ist..."

„Ich wusste es", unterbricht sein Chef ihn harsch. „Das habe ich gleich geahnt, dass du nur wieder Probleme sehen wirst."

Wieder? Willi hat nie gewagt irgendwann irgendwo Probleme zu sehen. Wie ein folgsamer Schuljunge erfüllte er alle noch so abwegigen Auflagen für seine Romane. Eine Umweltschützerin verliebt sich in einen Politiker, ein Arzt heiratet seine alkoholabhängige Patientin, ein Vierunddreißigjähriger verlässt seine Familie, um mit einer Sechzigjährigen glücklich zu werden. Alles, alles. Alle Kühe die gerade in der Boulevardpresse durchs Dorf getrieben wurden. Alle, wirklich alle hat er aufgegriffen. Aber das jetzt! Das ist an Unsinn nicht zu übertreffen. Da spielt er nicht mehr mit.

„Norbert. Versteh doch. Es ist sprachlich gar nicht möglich."

„Wie, nicht möglich? Was ist daran so schwer. Männlich, weiblich raus. Sächlich rein. Fertig."

Unwirsch hebt Norbert seine Stimme und wieder spricht er zu schnell für seine körperliche Konstitution.

„Jetzt hab dich nicht so. Los, nehmen wir den ersten Satz deines neuen Romans."

Während er schwer ein- und ausatmet, quält er sich von dem für ihn viel zu schmalen Stuhl in die Höhe, dreht sich zu seinem Schreibtisch und öffnet den Laptop wieder.

„Hier. Dein erster Satz: *Ferdinand wusste genau, dass er diese Frau nicht liebte. Aber nun stand er hier am Traualtar und sie trug dieses wunderschöne Brautkleid.* Was ist daran schwer? Aus *Ferdinand* machen wir *Ferdi*. Das ist neutraler. Und dann *es* statt *er* und *es* statt *sie*."

Siegesgewiss formuliert er den Romananfang um: „Ferdi wusste genau, dass es... Hm? *diese Frau* muss auch raus. ...das es es nicht liebte. Aber nun stand es hier am Traualtar...Hm? *DER Traualter.* Weg damit. ... Nun stand es hier und es trug dieses wunderschöne... Hm? *Braut* ist auch zu weiblich? Sagen wir... Trauungskleid. Ha! Na also! Funktioniert doch!"

Er lässt sich wieder auf den Sessel fallen.

„Setz dich in Ruhe daran. Du wirst sehen, das geht dir bald schnell von der Hand. Ich gebe dir zwei Wochen. Das reicht doch, oder?"

Den Brustkorb prall gefüllt mit Verzweiflung ist Willis Kehle zugeschnürt. Das geht zu weit. Eindeutig. Mit seinem Handy geht er rasch über das Internet auf seine Cloud und sieht seinen Romanbeginn vor sich.

„Wie stellst du dir das vor, Norbert bitte! Hier hör doch mal den nächsten Satz. Das kannst du doch nicht ernsthaft wollen: *Er liebte eine andere Frau. Mit ihr wollte er sein Leben teilen.* Was soll ich da schreiben? *Es liebte…*"

„…jemand anderen", Norbert nickte zustimmend.

„Es liebte jemand anderen. Mit ihm…, ähm. *Anderen? Ihm?* Das bleibt, oder?"

„Nein, nein. Das klingt männlich. Das geht nicht. Raus damit!"

Norbert ist unerbittlich. Als wäre es ein Kinderspiel: „Es liebte jemand. Mit es wollte es sein Leben teilen…. Halt. *Sein* ist auch männlich."

„Na ja, genau genommen ist es hier die sächliche Form", warf Willi zaghaft ein. „Das Neutrum ist eben im Deutschen manchmal sprachlich dem Männlichen gleich."

„Wie, dem Männlichen gleich? So ein Quatsch!" Norbert will einfach von seiner Idee nicht lassen. „Sächlich ist neutral. Deshalb heißt es doch *das Neutrum.*"

Willi ist kein Germanist. Das rettet ihm gerade das Leben, denn jeder halbwegs an der deutschen Sprache Interessierte liefe Gefahr, in einem solchen Gespräch einen Herzinfarkt zu erleiden. Willi ist nur ein bescheidener Autor, ein Autodidakt, der seine Brötchen mit harmlosen Geschichtchen verdient. Aber auch Willi hat ein Gefühl für schöne Worte. Und das hier ist weder schön, noch politisch korrekt noch überhaupt lesbar. Es ist schlicht und ergreifend Unsinn.

„Norbert, versteh doch", versucht Willi es auf versöhnliche Weise. „Die Formulierungen im Neutrum führen doch nicht zu einer Gleichstellung aller Menschen. Was ist mit dem Wort Mädchen? Es heißt *das Mädchen*. Grammatikalisch ein Neutrum. Aber deshalb ist ein Mädchen dennoch ein Mädchen und so gesehen eine weibliche Person."

„Na gut…", wirft Norbert in aller Seelenruhe ein. „Diese Worte vermeidest du dann ganz einfach. Sei nicht so verbohrt. Sei offen! Offen für etwas ganz Neues. Versuch es wenigstens. Wir wären die ersten. Das könnte unseren Durchbruch bedeuten."

„Einbruch, meinst du wohl eher", haucht Willi kaum hörbar.

*

47

Die Abhängigkeit vom guten Willen seines Chefs ist Willi seit langem bewusst. Doch diese Abhängigkeit besteht auch andersherum. Willis Bücher werden von einem kleinen aber doch stetigen Kreis meist älterer Frauen gelesen, gern sogar gekauft, weil sie inzwischen bei den treuen Kundinnen zu Sammlerobjekten avanciert sind. „Hast du *einen* Willi-Kempe-Roman, wirst du süchtig und du willst den nächsten und den nächsten und irgendwann brauchst du ihn täglich, sonst kannst du dich nicht mehr durch den Alltag kämpfen." So formulierte es eine Leserin in einer E-Mail. Überhaupt. Ohne diese Leserinnenzuschriften wäre seine Romanreihe nicht am Leben zu erhalten. Jeder Brief, jede E-Mail wecken neue Ideen, immer in der Hoffnung, Menschen – wenn auch meist einsamen, unglücklichen Frauen - schöne Momente zu verschaffen. Als wäre er ein Heiler, ein Wunderheiler fast. Dieser Gedanke gibt ihm innere Stärke. Er wäre so gesehen nicht ein billiger Schreiberling, sondern doch jemand mit einem Heilungsauftrag für die einsamen Herzen in dieser Welt.

> Willi schreibt sein Manuskript um.
> Willi bemüht sich ehrlich. Wochenlang.
> Willi verzweifelt.
> Willi tobt.
> Willi kapituliert.

Die Buchhandlungen fragen an, ob es in diesem Sommer den turnusmäßig erscheinenden Willi-Kempe- Roman noch geben wird.

Norbert macht weiter Druck.

Willi arbeitet Nächte hindurch.

Willi kann das Neutrum nicht mehr ertragen.

Willi schlittert in die größte Krise seines Lebens.

Willi schreit und tobt und schmeißt das ausgedruckte Leseexemplar des neutrumdurchtränkten Neumanuskripts aus dem Fenster. Mit Schwung. Mit reichlich Schwung, so dass es gerade noch am Ufer vorbei in die Spree rutscht.

Norbert gibt nicht auf. Er will dieses Manuskript und Willi drückt auf *Senden*.

„Ich habe ihn in der Spree versenkt", schreibt er in seiner E-Mail, „aber, wenn du es unbedingt willst. Hier hast du deinen Neutrum-Roman."

Dann ist Ruhe.

Einen Tag.

Zwei Tage, eine Woche. Eine weitere Woche.

Keinerlei Reaktion vom Verlag.

Willi beschließt, in der Bibliothek um die Ecke nachzufragen, ob sie eine Hilfskraft gebrauchen können. Die paar Jahre bis zur Rente wird er schon irgendwie schaffen. Keine Liebesromane mehr zu schreiben, muss ja nicht das Ende seines Lebens bedeuten.

*

Sechs Wochen lang jobbt er nun in der Bibliothek, findet sich zurecht mit dem digitalen Ordnungssystem und kennt einige der Stammkunden. Als sich herumspricht, dass er *der* Willi Kempe ist, der Autor dieser herzerwärmenden Romane, erhöhen sich die Leserinnenzahlen enorm. Ganz Berlin scheint in diese eine Stadtteilbibliothek zu kommen. Manchmal wird er gebeten, ein Buch zu signieren und fast täglich fragen sie ihn mit flehenden Augen: „Wann, bitte wann endlich, Herr Kempe, kommt ihr neuer Roman?

Norbert erlebt es nicht anders. Der Verlag wird Tag für Tag mit Anfragen der Stammleserinnen überhäuft. Zum Ende der Sommerferien werden die Briefe und E-Mails aggressiver. Die Lesesüchtigen verlangen vehement nach ihrem Stoff. Dreißig Jahre lang hätte es verlässlich zwei Kempe-Romane im Jahr gegeben, gerade richtig, um den Sommerurlaub und die Weihnachtsfeiertage mit Hilfe der Lektüre überleben zu können.

*

„Setzt dich mal, Willi."

Norbert weist wieder auf den Stuhl am Besprechungstisch und Willi hat ein Déjà-vu.

Er setzt sich nicht.

„Gut, pass… auf." Norbert atmet noch immer zwischen seinen Worten schwer und geräuschvoll.

„Das ist ziemlich gut, was du da geschafft hast. Konsequentes Neutrum. Zum Beispiel hier, diese Stelle. Großartig."

Er liest begeistert aus Willis Neu-Version.

„In Ferdi schlägt das Herz heftig. Es ist alles, was es braucht, weiß Ferdi jetzt. Das Leben mit Loro wird es glücklicher machen, als je ein Wesen ermessen mag. Es ist das Größte für es. Es liebt nur es, so sehr. Und es liebt es zurück, dessen war es nun sicher."

Willi hält sich die Hände vor die Ohren. Sein Kopf wackelt wie bei diesen Hündchen aus dem Laden mit den asiatischen Produkten.

„Willi!"

Irgendetwas gefällt dem Autor bei diesem gehauchten „Willi!" nicht. Norbert wird wieder etwas im Schilde führen.

„Willi…"

Der Verlagschef blickt ihm offen ins Gesicht.

„Weißt du was, Willi? Wir drucken dein altes Manuskript. Die Welt ist noch nicht reif für eine so bahnbrechende Innovation wie das Neutrum."

„Ach", sagt Willi und es liegt so vieles in diesen drei Buchstaben.

Ach und Ach und Ach.

Eine hundertfache Ungläubigkeit gepaart mit einer tausendfachen Erleichterung.
„Ach" gefolgt von einem sich ergebenen „Aha".
Mehr nicht. Willi ist zu mürbe, um noch irgendetwas zu entgegnen.

Norbert steht auf, schwerfällig wie immer. Er schiebt Willi sanft zur Tür zu seiner Dame ins Vorzimmer.
„Frau Weber wird jetzt mit dir alles Weitere regeln. Das muss jetzt mal schnell gehen. Es wird wirklich Zeit für einen neuen Willi-Kempe-Roman."

*

Schon am ersten Tag der Veröffentlichung schnellen die Verkaufszahlen in Höchstgeschwindigkeit nach oben. In der dritten Woche erklimmen sie schwindelerregende Höhen. Bald stürmt der Roman die Bestsellerlisten und Willi wird von einer Lesung zur anderen geschleppt. Die Frauen stehen stundenlang an, um

ihre erstandenen Bücher signieren zu lassen und wohin er auch kommt, überall herrscht die pure Erleichterung darüber, dass nun endlich der langersehnte
Roman erschienen ist, denn die größte ihrer Befürch-
tungen, dass Willi Kempe das Schreiben aufgegeben
haben könne, ist nun endlich von ihren Schultern genommen.

Das Verstehen

(für Inessa)

Plötzlich und ohne Vorahnung breitete es sich in ihr aus, zog ein Unwohlsein in der Magengegend nach sich, bemächtigte sich ihres Atems, um schließlich durch erhöhten Pulsschlag und deutlichem Zittern ihrer Hände anzuzeigen: Verstanden! Das ist es! Das also liegt hinter all dem!

Die Klarheit, in der dieses Verstehen ihr jetzt vor Augen stand, beängstigte sie stärker, als die Tatsache, die sie nun durchschaute. Jetzt erst durchschaute. Warum sah sie es nicht längst? Es lag doch so klar auf der Hand.

Sie hatte wirklich verstanden!

Alles fügte sich unter dieser Erkenntnis in eine nahtlose Logik. Darin lag so viel Kraft, dass sie sofort wusste, dieser Gedanke ließe sich nie wieder abschütteln.

Lange Zeit hielt sie sein Verhalten für ein Ringen um den Erhalt ihrer Beziehung. Dann glaubte sie, er würde tatsächlich an sich arbeiten, würde sich ihr öffnen, ihren Lebensplänen Beachtung schenken. Sie war sogar bereit zu akzeptieren, dass Veränderung ihn ängstigte.

Jetzt aber ging alles einer Eingebung gleich in ihr auf.

Sie hatte vermutet, ihr Lebenshunger wäre ihm nach all den Jahren zu aufreibend. Vielleicht lag es auch an einer Trägheit, die sich mit zunehmendem Alter in ihm ausbreitete. Oder an den zu unterschiedlichen Interessen. Ihm war jede Unternehmung zu viel. Gelegentlich ging er noch in den Tennisclub. Doch von Begeisterung war nichts zu spüren. Manchmal musste sie ihn dazu regelrecht überreden, damit er überhaupt einmal aus dem Haus kam. Vom Computer weg und von der Hausarbeit, die er sich aufhalste, seitdem er ausschließlich im Homeoffice arbeitete, während sie Tag für Tag in Vollzeit aus dem Haus gehen musste.

Doch nun sieht es anders aus. Sie hatte es erst jetzt verstanden. Auf dem Heimweg nach einem langen Arbeitstag.

*

Als die S-Bahn hielt, wurde der Platz gegenüber dem Pärchen frei, dessen Gespräch Leonie schon eine Weile mitanhörte. Sie nutzte blitzschnell die Chance, sich zu setzen und dabei beiden ins Gesicht zu schauen. Freundlich. Mit einem zarten, entspannten Lächeln. Nur keinen Argwohn wecken.

. Nein, sie kannte beide nicht. Nie gesehen. Doch was heißt das schon in einer Stadt wie Berlin? Was heißt das in einem Leben wie ihrem, in dem Bekanntschaften meist flüchtig sind. Vielleicht waren sie sich doch schon einmal begegnet.

Als die S-Bahn anfuhr, setzte das Pärchen sein Gespräch fort. Nicht zu laut, eindeutig nicht für andere Ohren bestimmt. Dennoch laut genug, um es mithören zu müssen, wenn man ihnen gegenübersitzt und nicht durch andere Beschäftigungen abgelenkt ist.

Wieder fiel ihr Name, wieder der ihres Mannes. Wieder kreiste das Gespräch aus seiner Perspektive über ihre Person.

„Er sagt, Leonie will sich trennen. Sie hat wohl schon eine eigene Wohnung genommen und kommt nur noch an den Wochenenden nach Hause." „Sie muss irgendwie komisch sein. Wozu ist man verheiratet? Machen sie denn gar nichts gemeinsam? Unser Freundeskreis hat sich wirklich offen gezeigt."

Der Angesprochene nickte: „Nicht zum Tennis, nicht zum Paddelwochenende. Nie ist sie dabei. Immer diese seltsamen Ausreden."

Dann war noch die Rede von einer Sophie. Es sei ja ein offenes Geheimnis, dass da schon länger was zwischen ihnen liefe. Das läge ja auch nahe für einen Mann, der so einsam scheint in seiner Ehe.

So also sieht es aus, dachte sie. Dieser wunderbare Mann scheint gestraft mit einer ganz und gar nicht auszuhaltenden Ehefrau. Eine leise Ahnung schlich sich in ihre Gedanken, erhellte ihre monatelange, verzweifelte Suche nach Antworten auf sein Verhalten. Und dann stand die Erkenntnis ihr klar vor Augen:

Es handelte sich einzig und allein darum, *sie* zur Schuldigen zu machen.

Das Pärchen schenkte Leonie keinerlei Beachtung. Wären sie offen gewesen für einen Blick auf ihr Gegenüber, hätten sie bemerkt, dass sie mit den Tränen kämpfte.

*

Der Tisch war gedeckt, die Waschmaschine surrte leise im Badezimmer. Der Einkauf für das Wochenende erledigt. Er hat alles im Griff, dachte Leonie. Ein toller Mann. Ein Mann, den keine Frau verlassen sollte. Genau das strahlte jede seiner Handlungen aus. Die blitzblanke Wohnung, die neue Balkonbepflanzung, das einwandfreie, biologischen Quellen entstammende, frisch gekochte Essen auf dem Tisch. So einen verlässt man nicht!

„Gab es ein Paddelwochenende mit deinen Freunden?"

Ihre Stimme klang ruhig und verriet nur einen leichten Unterton der Erschöpfung.

„Und einen Tennisnachmittag am Ostermontag, zu dem ich ausdrücklich eingeladen war?"

Sie brauchte seine Antwort nicht. Die Schrecksekunde in seinem Blick und das irritierte Schweigen genügten ihr.

Sie hatte verstanden!

Jetzt lag endlich alles klar auf der Hand. Sie verstand, warum jeder Versuch, mit ihm Zukunftspläne zu schmieden, in eine Unverbindlichkeit dahergesagter Floskeln mündete, warum jeder Versuch, ihre Unzufriedenheit anzusprechen, im Streit endete, warum er ihr gegenüber unangreifbar sein wollte. Er wartete auf den Tag, an dem sie mürbe war, auf den Moment, an dem sie keine Hoffnung mehr sehen konnte, nur noch den Weg, ihn zu verlassen. Dabei hatte *er* die Trennung längst vollzogen. Sein Selbstbild des perfekten Ehemannes zerfiele, wenn *er* gehen würde. Also musste *sie* zur Schuldigen gemacht werden.

Das passt, dachte Leonie. *Jetzt passt alles zusammen.* Sie warf achtlos einige private Dinge in eine Reisetasche.

„Richte deinen Tennisfreunden aus, die Anonymität einer S-Bahnfahrt ist ein Trugschluss", sagte sie beim Hinausgehen. „Berlin ist ein Dorf."

Liebe (II)

Bernadette Tischbein hatte beschlossen Single zu bleiben.

Wenn ihr die Arbeiter vom Baugerüst gegenüber ihrer Wohnung hinterherpfiffen, zog sie wie ein verschrecktes Tier den Kopf ein und die Kapuze über ihr langes Haar. Früher hatte sie es genossen, wenn sie die Blicke spürte, hatte bedeutungsvoll ein Lächeln oder einen frechen Spruch erwidert. Doch das war vorbei. Sie misstraute jedem Flirt, jeder Schmeichelei eines Mannes. Auch ihr Kollege aus der Buchhaltung würde es eines Tages verstehen. Noch passte er sie fast täglich auf dem Weg zur Kantine ab, um sich dann mit einem Kaffee und einem halben Mettbrötchen neben sie zu setzen. Doch sie wurde nicht müde, sich jedes Mal demonstrativ wortlos zu erheben, die Kantine und schließlich sogar das Bürogebäude mit ihrer Salatschale in der Hand zu verlassen, um auf einer Bank in einer kleinen Seitenstraße ungestört Platz zu nehmen.

Bernadette Tischbein glaubte nicht mehr an die Liebe.

„Dein Schmerz wird vergehen", versuchte ihre Großmutter sie zu trösten. „Und irgendwann kommt die Liebe zu dir zurück. Du wirst sehen."

Anna Maria Tischbein war zweimal verheiratet. Sie wusste, wovon sie sprach.

„Die Liebe fragt sowieso nicht nach dem Alter", erklärte sie ihrer Enkelin am Telefon. „Nicht nach guten oder schlechten Zeiten und schon gar nicht nach dem passenden Moment."

Bernadette Tischbein bewunderte ihre Großmutter und sie beneidete sie um ihre zweite Liebe, die ihr erst im hohen Alter begegnete. Eine Geschichte wie aus einem Märchenbuch. Ein Glücksfall. Ein Einzelfall. Davon war sie überzeugt.

Inzwischen verstrichen die Tage eintönig, in einer guten Ruhe, die Bernadette zu schätzen begann. Ihr Bekanntenkreis war auf wenige, dafür aber bedingungslos treue Freunde geschrumpft, die sie selten sah. Sie plauderten in regelmäßigen Abständen am Telefon, obwohl sie nicht weit entfernt voneinander wohnten. Meist empfahlen sie einander Bücher, tauschten sich zu den Inhalten aus und stritten gutmütig über diese oder jene Textpassage. Viel mehr geschah nicht im Leben der Siebenunddreißigjährigen. Gelegentlich telefonierte sie mit ihrer Großmutter, die am anderen Ende der Stadt wohnte und zweimal im

Monat fuhr sie mit dem Bus oder dem Rad an einem Sonntagvormittag zu ihren Eltern ins Umland.

Niemand sprach mehr über ihre gescheiterte Ehe, nicht über den gegangenen Ehemann, nicht über das verkaufte Haus und den kleinen Hund, den ihre Schwiegereltern ihrem Mann geschenkt hatten und der deshalb wie selbstverständlich in den Besitz ihres nun geschiedenen Mannes übergegangen war. Es schien, als hätte in Bezug auf Bernadetts achtjährige Ehe die Familie Tischbein eine kollektive Amnesie befallen.

Sie begann, das ruhige Singleleben zu genießen.

An einem Samstag im November endete diese Ruhe abrupt. Bernadette Tischbein traf die Liebe. Oder die Liebe traf sie. Auf jeden Fall war es ein denkwürdiger Tag, der alles aus den Angeln warf, was sich gerade wieder eingepegelt hatte.

Kurz vor Ladenschluss hatte ihre Mutter sie angerufen. Ausgerechnet Brot war ihnen ausgegangen und Bernadette hatte auch keines mehr zu Hause. Sie versprach, noch schnell zum Bäcker zu radeln, bevor er schließen würde und es ihnen noch am Abend vorbeizubringen. Dann könne sie gleich bis zum traditionellen Sonntagsessen über Nacht bleiben.

Im Bäckerladen standen noch immer viele Menschen an, obwohl die Auslagen schon ausgeräubert schienen und in wenigen Minuten geschlossen wurde. Ein Verkäufer und eine Verkäuferin bedienten geduldig. Mit jedem Kunden in der Schlange vor Bernadette schüttelten sie immer öfter den Kopf: „Tut mir leid. Haben wir nicht mehr." Doch sie hatte Glück. Das allerletzte Brot würde sie bekommen, denn jetzt endlich war sie an der Reihe.

„Das Brot bitte. Geschnitten."

Wie aus einem Munde hatten sie und der Mann neben ihr diese Worte zeitgleich gesprochen. Beide Verkäufer griffen zum allerletzten Brot des Tages, den Feierabend schon leuchtend vor Augen.

„Oh!" Die Verkäuferin lächelte sie an. „Da war wohl der Herr Sekunden schneller."

Das sah Bernadette nicht so. Lediglich die Hand des Verkäufers, der ihren Brotwegkäufer gerade bediente, war etwas rabiater gewesen und hatte die wertvolle Ware mit Nachdruck ergriffen. Aber Streit in der Öffentlichkeit passte nicht zu ihrem ruhigen Singleleben und so murmelte sie nur:

„Wie schade."

Sie legte ihre Geldbörse wieder zurück in den Rucksack und kramte nach ihrem Fahrradschlüssel, während der Mann neben ihr bezahlte.

Plötzlich fiel das Brot in ihren geöffneten Rucksack.

„Nehmen Sie es. Ich glaube ich habe noch etwas eingefroren."

Bernadette Tischbein hob den Kopf und da war es passiert. Wie bei ihrer Großmutter. Die Liebe kommt zu den Tischbeins plötzlich und schicksalhaft. Das hätte sie doch wissen müssen.

Bernadette Tischbein verliebte sich ehrlich und bedingungslos.

Der Mann war etwas älter als sie. Nicht viel, aber die Vierzig hatte er wohl schon überschritten. Er trug keinen Ehering und sein verschmitztes Lächeln war unwiderstehlich. Soviel nahm Bernadette wahr, bevor ihr Herz die Regie übernahm und alle Zweifel aus dem Weg schlug.

Ein Unbekannter schenkte ihr ein Brot. Nicht irgendein Brot, sondern das letzte Brot des Bäckerladens am Samstagnachmittag. Die Alternative wäre ein zähes Supermarktbrot, zusammengehalten durch Konservierungsstoffe. Es blieb ihren Eltern erspart. Wie konnte sie diese freundliche Geste nicht als Liebesbeweis deuten. Zumindest als einen Liebesbeweis gegenüber den Menschen im Allgemeinen und auf jeden Fall als einen Beweis für einen hilfsbereiten, großzügigen, selbstlosen Charakter, der hier vor ihr stand.

Der Mann lächelte sie an und augenblicklich traf auch ihn die Liebe, die nun sowieso schon in der Luft lag. Er staunte über ihr kindliches Staunen und freute sich über ihre ehrliche Freude.

„Nehmen Sie es. Ich schenke es Ihnen gern.

Mehr war nicht geschehen.

Vor dem Bäckerladen tauschten sie zunächst nur ein paar verlegene Floskeln aus, wobei sich immer wieder ihre Blicke trafen, die ihre gegenseitige Zuneigung bestätigten. Sie sprachen über das gute Angebot in diesem Laden, das schwierige und aufopferungsvolle Bäckerhandwerk an sich und dem Verlust einer echten Verkaufskultur durch die Supermärkte. Als plötzlich sein Handy klingelte, entschuldigte er sich für einen Moment.

Dieser Moment zog sich hin. Er zog sich und zog sich. Es wurde ein sehr langer Moment.

Er sprach und sprach.

Zunehmend energischer und sichtlich aufgewühlt.

Etwas war geschehen.

Bernadette Tischbein wurde unsicher. Sie stand etwas verloren neben ihrem Fahrrad und fühlte sich unbeachtet. Schließlich schwang sie sich auf ihr Rad, noch immer in der Hoffnung, er würde ihr etwas hinterherrufen oder wild gestikulieren, um sie aufzuhalten. Nichts davon geschah. Und so rief sie ihm ein „Na-Tschüss-dann" entgegen und trat in die Pedale, ohne sich umzudrehen.

Ein verliebter Unbekannter schaute ihr telefonierend hinterher, während sie als verliebter Single davonradelte.

Das Wochenende verbrachte sie in sich gekehrt bei ihren Eltern und den Arbeitstag am Montag unkonzentriert. Sie bereute von Stunde zu Stunde stärker, sich so schnell von dem gutmütigen Brotspender verabschiedet zu haben. Während sie ihn in Gedanken vor sich sah, zuckte, kribbelte, schlug und hämmerte es in den Fasern ihres Körpers, wie es nur das Verliebtsein hervorbringen konnte. Nach Feierabend beschloss sie, noch einmal zum Bäcker zu gehen. Immerhin hatte der Mann kein frisches Brot zu Hause. Sie lungerte eine Stunde vor dem Laden, stellte sich dann in die Schlange und kaufte etwas Streuselkuchen, den sie später ihrer Nachbarin vorbeibringen würde.

Die rüstige Rentnerin war ihr in den letzten Wochen immer vertrauter geworden. Mal schwatzten sie im Hausflur vor den Postkästen, mal im Hof bei den Mülltonnen. Doch alle Gespräche blieben angenehm unaufgeregt. Bernadette wurde weder ausgefragt noch in irgendwelche Meinungsdiskussionen verwickelt. Eine angenehme alte Dame war diese Nachbarin und sie erinnerte Bernadette ein wenig an ihre Großmutter.

Die Suche in und um den Bäckerladen blieb erfolglos. Sie würde morgen wieder hingehen. Und übermorgen und überübermorgen. Sie würde erst aufgeben, wenn sie ihr Glück gefunden hätte oder das Verliebtsein nachließe und sie wieder mit voller Überzeugung Single wäre.

Die Nachbarin passte Bernadette Tischbein aufgeregt vor ihrer Wohnungstür ab.

„Da war jemand hier. Ich glaube, er hat sie gesucht. Jedenfalls wollte er wissen, ob eine junge Frau hier wohnen würde. Als er ihren Rucksack beschrieb, dachte ich mir, er kann doch nur meine kleine Nachbarin meinen."

Bernadettes Stirn hob sich erwartungsfroh, was die alte Dame falsch deutete.

„Keine Angst", schob die Nachbarin schnell nach, „ich habe ihm nichts gesagt. Man sieht ja so Sachen im Fernsehen. Ich fall auf solche Maschen nicht herein. Die im Bäckerladen waren wirklich leichtsinnig", setzte sie mit tadelnder Mine hinterher. „Die haben ihm angeblich gesagt, dass eine von ihnen hier in der Nähe wohne und sie Sie manchmal aus diesem Hauseingang kommen sähe."

Er hatte sie gesucht! Wenn das kein Zeichen war!

Bernadette kam an diesem Tag nicht in den Schlaf. Ihre Gedanken sprangen hin und her, doch sie wusste sich keinen Rat. Vielleicht kommt er wieder.

Vielleicht sucht auch er sie ebenfalls am Bäckerladen. Sie würde jedenfalls nicht so schnell aufgeben.

Doch Bernadette Tischbein wusste nicht, dass der Mann ihrer Hoffnungen als Musiker sein Geld verdiente. Schon am Dienstagmorgen brach er mit dem Orchester, in dem er Oboe spielte, zu einer großen Welttournee auf. Erst sechs Monate später würde er wieder in der Stadt sein.

Bernadette Tischbein blieb Single.

Die unerfüllte Liebe verblasste Monat für Monat. Nach einem halben Jahr hatte sie dieses kurze angenehme Gefühl des Verliebtseins wieder vollständig vergessen.

In dieser Zeit wurde ihre Großmutter krank. Da sie sich nur langsam und schwer erholte, packte die Enkeltochter ihre Sachen, kündigte ihre Wohnung und zog zu ihrer Großmutter an das andere Ende der Stadt. An einem Samstag kam sie für die Wohnungsübergabe an den Vermieter zurück, verabschiedete sich schweren Herzens von der freundlichen Nachbarin und beschloss, ein allerletztes Mal in ihrem geliebten Bäcker eines dieser wunderbaren Brote zu kaufen.

„Ein Mischbrot bitte. Geschnitten."

Bevor sie diese Worte aussprechen konnte, hatte sie der Mann neben ihr gesagt, den sie sofort an der Stimme erkannte. Für eine Sekunde hielt Bernadette Tischbein inne. Sie zögerte, schaute ihm offen ins Gesicht, wartete und hoffte.

Doch der Mann ihrer verblassten Träume erkannte sie nicht.

Bernadette Tischbein seufzte leise, verlangte ein Brot, bezahlte und verließ den Laden in Richtung S-Bahn-Station, um in einem anderen Stadtteil in einer schönen hohen Altbauwohnung mit großen Zimmern und alten echten Holzmöbeln als überzeugter Single ihre Großmutter Anna Maria Tischbein zu pflegen.

Der Besuch

(für Anton Tschechow)

Die Natur hatte sich längst schlafen gelegt. Alle Vögel im kleinen Garten hinter dem Haus hatten ihren Gesang eingestellt und alle Lebewesen in der beschaulichen Straße am Rande der Stadt waren bereits zu Bett gegangen. Dem Lehrer und Stellvertretenden Schulleiter eines Gymnasiums, Konstantin Neumann, fielen in immer kürzer werdenden Abständen die Augen zu und doch wagte es Konstantin nicht, seiner Frau ins Schlafzimmer zu folgen, denn er hatte Besuch.

Seine ehemalige Schulleiterin, Margarita Niemüller, saß in seinem Wohnzimmer. Sie hatte sich nicht gescheut, ihn an diesem herrlichen goldherbstigen Sonntagmorgen anzurufen und ihm mitzuteilen, dass sie heute, wie doch seit langem versprochen und leider, leider seit ihrer Pensionierung im Juni noch nicht verwirklicht, zu Besuch käme. Gleich jetzt, zum Mittagessen am besten. Dann hätten sie doch einmal wieder richtig Zeit, über alles zu sprechen, was in der Schule so vorfiele, seit sie gegangen war. Also hatte seine Frau ein schnelles Mittagessen gezaubert, wurden die Kinder zu den Nachbarskindern zum Spielen geschickt, damit sie überhaupt einmal heute noch ein paar herbstliche Sonnenstrahlen erhaschen konnten und hatte Konstantin den gesamten Nachmittag und inzwischen nun auch den Abend, ja und genau genommen nun auch schon die halbe Nacht mit seiner ehemaligen Chefin zugebracht.

Nachdem seine Familie in den Betten verschwunden war, überlegte Konstantin, wie er seinen Besuch loswerden und doch sein Gesicht wahren könne. Er versuchte es mit heftigen Kopfschmerzen, die ihn plötzlich plagten, etwas später mit körperlicher Unruhe, einem ständigen Aufstehen und Hinsetzen, auf die Uhr schauen und auf das Handy blicken. Allein, Frau Niemüller bemerkte sein Ansinnen nicht. Gerade sprach sie zum wiederholten Male von ihrer Enkeltochter, die es allzu schlecht mit den Lehrerinnen in der Grundschule getroffen hatte. Ausgerechnet ihr wurde so etwas angetan. Der Enkeltochter einer aufopferungsvollen Schulleiterin a.D.!

Jede zarte Andeutung Konstantins überhörte die Niemüller. Als der übermüdete Lehrer, mehrfach darauf verwies, dass er morgen einem langen schweren Arbeitstag entgegensah, fragte Margarita Niemüller, welche Klassen er montags unterrichte und schon ging die pausenlose Berichterstattung über die eine und die andere Klasse, über den einen Schüler und die andere Schülerin und erst recht über deren Eltern los.

Sie will es nicht kapieren! Sie war schon immer penetrant. Hat sie denn keine andere Menschenseele, der sie die Tratsch- und Klatschgeschichten aufzwingen kann? Und dies zu nachtschlafender Zeit!

„Ich weiß auch nicht, Frau Niemüller, ich habe plötzlich so entsetzliche Schmerzen beim Schlucken. Ich hoffe, es ist nicht Corona. Ich verbrachte den vorletzten Samstag bei Freunden, die sich am Montag als komplette Familie Corona positiv meldeten. Hoffentlich stecke ich Sie nicht an, liebe Frau Niemüller!"

Konstantins heuchlerischen Worte zogen eine Acht um seine ehemalige Chefin, legten sich wie ein Ring aus Abwehr um sie und für einen Moment hoffte unser armer Schulmeister, sich nun endlich, endlich schlafen legen zu können.

„Ich werde nicht krank. Keine Angst. Die vielen Jahre in der Schule haben mich immun gemacht gegenüber allen Krankheitserregern, die Menschen so mit in die Schule bringen können. Corona hatte mich schon damals nicht erwischt. Das kriege ich nicht. Keine Angst."

Der Mund dieser aufdringlichen Person stand einfach nicht still.

„Übrigens ist das Gebäck ihrer Frau ganz hervorragend."

Laut schmatzend stopfte die Niemüller sich mehrere Kekse gleichzeitig hinein und sprach mit vollem Mund weiter.

„Wissen Sie noch, diese Corona-Jahre? Wie dumm wir alle am PC waren. Ich konnte nicht einmal eine Videokonferenz starten. Hi, hi…"

Ja, Konstantin wusste es und genau deshalb wollte er nicht an diese schweren Zeiten erinnert werden und schon gar nicht jetzt, da sein Gehirn längst im Tiefschlaf lag, genauso wie sein Hund und alle Mücken, die sich an diesem spätherbstlichen Oktobertag herausgetraut hatten. Es war zu viel. Er musste trotz allen Respekts diese Person loswerden.

„Frau Niemüller, wann gehen Sie gewöhnlicherweise schlafen?"

„Ach, meist nach Mitternacht. Manchmal auch später. Ich mache oft ein Schläfchen am Tage, wissen Sie. Jetzt, da ich pensioniert bin, kann ich mir das leisten. Es gab auch schon Tage, da habe ich gar nicht geschlafen. Ich meine, auch in der Nacht nicht. Früher, als Studentin habe ich das oft so gemacht…"

Und sie holte zu einem Rundumschlag in ihre studentische Vergangenheit aus, so dass es dem armen Konstantin ganz luftknapp wurde.

„Entschuldigen Sie. Ich muss um Sieben aufstehen. Ich muss mich unbedingt bald hinlegen."

„Sicher, sicher, mein Lieber. Aber es ist doch gerade so gemütlich. Wir haben uns so lange nicht gesehen. Eine Ausnahme darf man an besonderen Tagen schon machen. Ich habe Ihnen nämlich etwas Besonderes mitgebracht. Hier. Mein Roman über unsere gemeinsamen Jahre an der Schule. Ich würde Ihnen gleich einmal etwas daraus vorlesen."

„Wissen Sie was? *Ich* werde Ihnen aus *meinem* neuen Buch vorlesen", unterbrach Konstantin rasch seine Besucherin. „Sie wissen doch, dass ich seit Jahren die Moorfrösche erforsche. Jetzt habe ich darüber ein Buch geschrieben."

Das wird sie abschrecken, denkt Konstantin siegesgewiss. Der Moorfrosch wird sie langweilen und zuhören kann sie ja sowieso nicht.

„Oh, wie wunderbar", trompetete Margarita Niemüller in einer fröhlich munteren Stimmlage, die einer Messerattacke auf Konstantins übermüdeten Körper gleichkam. „Lesen Sie! Lesen Sie! Wie wunderbar!"

Nach einer Stunde gab sich Konstantin geschlagen, genau zum Schlagen der Uhr, die die dritte Stunde nach Mitternacht einläutete.

„Ich kann nicht, mehr, liebe Frau Niemüller."

„Natürlich. Sicher. Lassen Sie das Lesen sein. Das können wir bei meinem nächsten Besuch fortsetzen. Heute lassen Sie uns noch ein wenig die Neuigkeiten an der Schule austauschen."

Und schon begann sie mit leuchtenden Augen nach den einzelnen Kolleginnen und Kollegen zu fragen, nach dem Befinden des Hausmeisters und dem Zustand der Toiletten in der Kelleretage.

„Frau Niemüller!", unterbrach Konstantin seinen Besuch. „Ich muss Sie leider unterbrechen. Bevor es zu spät wird und Sie gehen müssen. Ich möchte Sie um einen Gefallen bitten."

Das zieht jetzt, dachte er. *Jetzt habe ich sie.*

„Wissen Sie, wir haben uns mit dem Kredit für das Haus etwas übernommen und dann waren in den Sommerferien doch reichlich Ausgaben, weil nun die Flüge für die Urlaubsreise so teuer geworden waren. Was ich sagen will ist, Sie haben doch nun eine gute Beamtenpension und kaum noch Ausgaben."

„Du meine Güte", schnaufte der Besuch. „Es ist spät geworden. Schon weit nach Drei. Ich muss aufbrechen. Was sagten Sie eben?"

„Ich wollte fragen, ob Sie nicht jemanden kennen, der uns kurzzeitig mit einem privaten Kredit weiterhelfen könne."

„Da habe ich keine Ahnung", erklärte die pensionierte Schulleiterin. „Und wirklich, es ist Zeit für Sie, schlafen zu gehen. Morgen sollten Sie munter vor Ihren Klassen stehen."

Hastig griff sie nach ihrem Mantel.

„Haben Sie Dank für Ihre Gastfreundschaft und grüßen Sie mir noch einmal Ihre Frau!"

Eilig schritt sie zu ihrem Auto, auf dessen Dach sich die Katze des Hauses Neumann seit Stunden zum Schlafen niedergelegt hatte. Mit einem Wisch fegte Margarita Niemüller das arme Tier beiseite, startete ihr Auto und fuhr forsch davon.

Du und ich

Du nimmst den Stein, drehst ihn in deiner Hand, betrachtest ihn und lächelst.

Dann legst du den Stein in meine Hand. Ich drehe ihn, betrachte ihn und lächle.

Seither trage ich dein Lächeln in meiner Schlechtwetterjacke.

Lena fährt Bahn

Schon am Bahnsteig fragt sich Lena, warum sie ausgerechnet in einer Zeit ihre Freundin in Berlin besucht, in der die Herbstferien gerade so richtig angelaufen sind. Herbstferien in Brandenburg, Berlin, Sachsen, Bayern und sogar in Österreich, wie sie durch ein Gespräch anderer Wartender am Bahnsteig erfahren hatte. Ferienbeginn hier, Ferienende da. Dass die Züge vollgestopft sein werden, hätte sie wissen müssen.

Seit einigen Jahren bucht sie für ihre Bahnreisen den Sparpreis für die erste Klasse, was sie gern im Freundeskreis als cleveren Schachzug verkauft. Preiswert, mit gehobenem Service. Die Familien um sie herum werden dieses Geheimnis leider inzwischen ebenfalls kennen. Oder haben sie alle so viel Geld, dass sie den normalen Preis für die erste Klasse samt Kind und Kegel bezahlen können? Dass sie die Ferien nicht im Blick hatte, ärgert sie nun doch. Wenigstens klappt es mit der Sitzplatzreservierung. Fast jeder Platz ist besetzt.

Ihre Sorge, es könne zu laut und nervig zugehen, erweist sich als Fehlschluss. Die Kleinen sind vergnügt. Sie haben Beschäftigungen vor der Nase.

Spiele. Malbücher. Rätselhefte. Kein Gequängel, kein Gestreite in diesem Wagen. Welch ein Glück! Ab und zu hört Lena ein Knistern, wenn ein Snack ausgewickelt wird oder das fröhliche Schnurpsen eines Apfels oder einer Möhre erklingt. Das ist Reisen mit der Bahn. Es sind Geräusche - menschlich, sympathisch und automatisch ignorierbar, so dass sie ins Unterbewusstsein abgelegt werden können.

Lena schließt die Augen. Nur kurz. Dann greift sie doch nach dem Buch, das sie schon auf das Tischchen vor sich abgelegt hatte. Was gibt es Schöneres, als sich mit viel Zeit in eine Geschichte fallen zu lassen.

Auch dies ein Fehlschluss.

Klick-Klick-Klickklick.
Klick-Klick-Klickklick. Klick-Klick-Klickklick.
Klick-Klick-Klickklick. Klick-Klick-Klickklick.
Klick-Klickklick. Klick-Klick-Klickklick.

Das Geräusch einer Computermaus!

Klick-Klick-Klickklick.

Ist das der junge Mann im Gang gegenüber? Was macht der nur an seinem PC?

Klick-Klick-Klickklick. Klick-Klick-Klickklick.
Klick-Klick-Klickklick.

Wieso nutzt der nicht die Tastatur? Er trägt Kopfhörer. Seinen Blick hat er stur auf den Bildschirm gerichtet? Lena vermutet, dass er einer angestrengten Arbeit nachgeht. Diplomarbeit vielleicht. Heißt das heute noch so? War das nicht jetzt was mit Meister? Oder Master? Was auch immer. Sie ist gewillt, nachsichtig zu sein. Von Minute zu Minute fällt es ihr schwerer.

Klick-Klick-Klickklick. Klick-Klick-Klickklick.
Klick-Klick-Klickklick.

Rasend schnell. Nervend. Ermüdend für ihr Gehirn.

Klick-Klick-Klickklick. Klick-Klick-Klickklick.

Nach einer Stunde rollt sie zwei Ecken eines Zellstofftaschentuchs zusammen und stopft sie sich in die Ohren.

Ohne Wirkung.

Das Klicken dringt unvermindert zu ihr durch.

Vielleicht steigt er bald aus, beruhigt sie sich im Zwiegespräch mit ihren Gedanken. Vielleicht geht er gleich ins Bordrestaurant oder wenigstens für vier Minuten auf die Toilette.

Nichts von alledem.

„Das halte ich nicht durch! Das halte ich nicht durch! Das halte ich nicht durch!"

Sie muss wohl halblaut gesprochen haben, denn das Kind vor ihr blinzelt auf dem Sitz kniend vorsichtig über die Rückenlehne und der eben neben ihr zugestiegene ältere Herr schaut kurz zu ihr hinüber.

Klick-Klick-Klickklick.

Sie versucht es mit autogenem Training.

Klick-Klick-Klickklick.

Das Klicken stört das Wegdenken. Das ist die Hölle. Die pure Hölle. Was macht der nur?

Als der Platz neben ihr nach zwei Stationen wieder frei wird, beugt sie sich mühsam über die freie Sitzfläche, um dem Störungsfaktor genauer auf den Grund zu gehen.
Es ist nicht zu fassen!
Auf dem Bildschirm des Klickweltmeisters erkennt sie die abstrakte Welt eines Computerspiels.

Klick-Klick-Klickklick. Klick-Klick-Klickklick.
Klick-Klick-Klickklick.
Klick-Klick-Klickklick. Klick-Klick-Klickklick.
Klick-Klick-Klickklick.

Ein Mann in Anzug und Krawatte sitzt dem fanatischen Spieler direkt gegenüber. Als Lena seinen

Blick sucht, schließt er die Augen. *Feigling*, denkt sie. *Genauso feige, wie ich.* Er verrät sich durch eine Zornesfalte zwischen den Augen und den zusammengepressten Lippen. Lena ist enttäuscht. Er hält tapfer aus. Alle halten tapfer aus. Nur sie hält untapfer aus. Es ist wohl so, dass niemand das pedantische Ungeheuer sein möchte, das wegen einer solchen Kleinigkeit Stress macht. Niemand.

Auch Lena nicht!

Oder?

In Gedanken formuliert sie die Worte vor, mit denen sie nun fest entschlossen diesen PC-Süchtigen ansprechen wird. Höflich? Genervt? Ironisch? Sie hat alles im Repertoire.

Doch nichts kommt zum Einsatz.

Klick-Klick-Klickklick. Klick-Klick-Klickklick. Klick-Klick-Klickklick.

Viel-zu-feige-viel-zu-feige-viel-zu-feige-viel-zu-feige-viel-zu-feige-viel-zu-feige.

Mit zitternden Händen versucht sie, noch ein Stück Zellstofftaschentuch in die Ohren zu schieben. Es wirkt nicht. Das Klicken dringt durch.

An der nächsten Station steigt ein junger Mann zu, ungefähr im Alter des Comupterspielenden. Er hat den Platz neben Lena reserviert, was ihr für einen Moment etwas Ablenkung bringt. Nach zehn Minuten kramt er in seinen Taschen, schüttelt den Kopf und sagt mit Blick auf Lena gerichtet:

„Ist ja nicht auszuhalten, dieses Klicken," und steckt sich Schaumstoff-Stöpsel in die Ohren.

Einen Moment später nimmt er den linken wieder heraus, um Lena anzusprechen. Vielleicht hat er ihren neidischen Blick bemerkt, vielleicht ist er auch einfach ein mitfühlender Zeitgenosse. Jedenfalls hält er ihr mit einem milden Lächeln seine Schachtel mit zwei weiteren Geräuschvernichtern entgegen.

„Wollen Sie auch?"

Wenn jemand dazu in der Lage ist, uns von einem Leiden zu befreien, ist er sich unserer Zuneigung sicher. Lena greift in die Schachtel und muss den Impuls unterdrücken, ihren Sitznachbarn zu umarmen.

Lesend erreicht sie unter gedämpfter Geräuschkulisse Berlin. Ihr freundlicher Nachbar muss noch bis Hamburg weiterreisen. Die Ohrstöpsel darf sie behalten.

„Schauen Sie mal. Er steigt mit ihnen in Berlin aus", flüstert er ihr zu. „Hoffentlich treffen Sie ihn nicht im nächsten Zug."

Doch Lena ist es egal, wie sich der Klick-Klick-Mann weiter fortbewegt. Sie ist am Ziel. Am Bahnhofsvorplatz wird ihre Freundin warten und bis zur Wohnung werden sie zu Fuß gehen. Nur noch durchatmen und die Abendluft genießen. Nach überstandener Qual sind ihre Wünsche für den Moment bescheiden.

Der Computerspieler, den sie während ihrer langen Bahnfahrt bis zur Verzweiflung verflucht hat, steigt vor ihr aus dem Zug, dreht sich um und greift ungefragt ihren Koffer, mit dem sie sich gerade abmüht. Er stellt ihn auf dem Bahnsteig ab, wünscht ihr noch eine gute Weiterreise und geht davon, während Lena ihm sprachlos hinterherschaut.

Um sich für seine Hilfe zu bedanken, fehlen ihr die Worte.

Das Ohr des Lehrers

Wendland hier. Der Schuldirektor ihres Sohnes.

Ja. ... Nein. Nein. – es ist nur ...

Hören Sie, wir brauchen ihre Erlaubnis.

Sicher. Nein, die Erlaubniserklärung für die Klassen-
fahrt ist ordnungsgemäß abgeheftet.

Nein, nein, nichts geht verloren... – oder doch.

Hören sie, wir müssen die Schultasche ihres Sohnes
durchsuchen. Dafür brauchen wir Ihre Einverständniserklärung.

Jetzt beruhigen Sie sich. Drogen sind ganz bestimmt
nicht im Spiel.

Nein.

Es ist nur...

Ja, ja... wir gehen nur mit ihrem Einverständnis an die Tasche ihres Sohnes. Aber es ist dringend - quasi lebensnotwendig. Wir suchen etwas, etwas...

Sie lassen mich ja nicht ausreden.

Etwas angestellt? Hm... es gab ein Gerangel mit einem Lehrer .... Nein, bitte. Der Kollege hat völlig besonnen reagiert. Selbstverständlich ist ihrem Sohn nichts angetan worden. Aber der Lehrer, verstehen Sie.... Also, das war so ... .

Können Sie mir nicht mal einen Moment zuhören? Bitte!

Rechtsanwalt? Wieso Rechtsanwalt? Ach ... Ja ... Ich verstehe..., natürlich.

Aber wir brauchen lediglich Ihre Zustimmung, die Tasche durchsuchen zu dürfen. Es könnte sein, der Gegenstand, den wir suchen, befindet sich in der Schultasche ihres Sohnes.

... das versuche ich Ihnen gerade zu erklären.
Natürlich kenne ich die Paragraphen. ... Genau aus diesem Grunde rufe ich ja an.

Bitte?... Ich kann Sie gut hören. Ja. Auch verstehen. Aber der Lehrer Ihres Sohnes nicht. Ich meine, er kann nicht mehr hören, wenn wir nicht das Ohr finden. Es ist wirklich dringend, bitte... glauben Sie mir. Jede Minute zählt.

Verdammt. Ich bin nicht überarbeitet. Nein. Das ist heute ein ganz normaler Tag. Nur sollten wir im Interesse des Kollegen in wenigen Minuten das Ohr ins Krankenhaus bringen.

Bitte?

Nein...nein. Nein, eine Rechtsberatung dauert zu lange.

Geben Sie einfach Ihr Einverständnis.

... sicher nicht. Ich verspreche es. Sollten wir Zigaretten finden, werden sie nicht beachtet. Darum geht es uns nicht. Sie können mir vollends vertrauen.

Was wir suchen?

Ein Ohr – das Ohr des Lehrers suchen wir, das ihr Sohn in dem Gerangel dem Kollegen abgerissen hat.

Wen wollen Sie anzeigen? Lassen Sie uns das später bereden. ...Ich will Sie doch nicht einschüchtern. Wie kommen Sie denn darauf? Dann machen Sie Ihre Anzeige. ... Aber dennoch! Können wir bitte erst die Tasche durchsuchen?

Ich verstehe das. Sicher wollen Sie die Rechte Ihres Kindes schützen. Das verstehe ich unbenommen.

Warum Presse?

Nein, nein ... , nur das Ohr. Es ist abgerissen, als Ihr Sohn mit der Schere ...

Ich unterstelle gar nichts.

Ich will Ihnen nur erklären, wie wichtig uns Ihr Einverständnis ist.

Das Ohr könnte in den nächsten Minuten angenäht werden. Bitte, so helfen Sie uns doch!

Ihr Sohn?

Ja, er steht neben mir.

Gut. Gut, komm her. Deine Mutter will mit dir sprechen.

Was ist das? Was hältst du in der Hand?
Bitte! Bitte, hören Sie, Ihr Sohn hält das Ohr des Lehrers in der Hand. Dürfen wir es ihm entreißen?

Bitte! Wir ..., wir brauchen lediglich ihre Einverständniserklärung.

Zu viel schönes Leben

Er hat es geschafft.

So sagt man wohl, wenn man alles im Leben des Anderen sieht, was man selbst gern erreicht hätte. Seine Freunde sagten es über ihn.

Und tatsächlich sah er das ebenfalls so. Er hatte es geschafft! Erreicht, was es für ihn zu erreichen gab. Alles, was ein gutes Leben ausmachte. Urlaubsreisen. Zahlreiche Freunde. Einen Arbeitsplatz, zu dem er gern ging. War erfolgreich und ganz oben in der Karriereleiter. Das Haus groß, der Garten einladend, vom Gärtner sorgsam gepflegt. Eine Frau, die gern mit ihm die schönen Seiten des Lebens genoss. Kinder, Enkel. Weit weg zwar, aber unabhängig von ihm. Auf eigenen Füßen und mit allen war er gut.

Für den Rest seines Lebens auf der Sonnenseite. Alle Wünsche erfüllbar. Wenn auch nicht sofort, so ganz sicher irgendwann, wenn er es richtig anging. Am Geld sollte es nicht liegen!

In kleinen schwachen Momenten flüsterte in ihm ein dünnes Stimmchen etwas von:

Zu viel! Zu viel vom Guten! Zu viel schönes Leben!

Zu lange Arbeitstage. Zu viel Verantwortung. Jede freie Minute von Kollegen, Nachbarn, Freunden, seinen Kindern und deren Familien beansprucht. Telefonieren, besuchen, grillen, einladen. Theater, Kino, Lesung, Fußballstadion. So viel Schönes in so eine kleine Woche gepresst.

Die schwachen Momente wurden größer und die Stimme lauter, bis ihm das schöne Leben eines Tages wie Felssteine auf den Schultern lag. Langsam und fast unmerklich hatten sich seine Sonnenseitentage mit Fragen gefüllt.

Fragen nach Sinn und Leichtigkeit, nach Spontanität und Müßiggang, nach Bedeutung und Stille. Nach *Gutes tun* statt *Gutes haben* und nach einem *Ich will!* Statt *Ich muss!*

Für einen kurzen Moment überkam ihn die Sehnsucht nach einem anderen Leben.

Nur kurz.

Dann sagte jemand:
„Wie hast du es gut! So ein schönes Leben!"

Und er glaubte es.

Geht mein Herz dir Blumen pflücken

Mein Vater war Literaturprofessor. Ein echter Professor an einer pädagogischen Hochschule der DDR. Ein Lehrender in der Lehrerausbildung. Fachrichtung Kinder- und Jugendliteratur. Aber das Letztere interessierte niemanden. Professor war er. Mehr wollte man nicht wissen.

Also Professor.

Also klug.

Nein, intelligent. Dieses Wort besaß in jener Zeit eine magische Aura, drückte etwas Mystisches aus, das gleichzeitig bewundernswert und abstoßend wirkte. Wer als *intelligent* galt, war anders, besonders, überlegen - und vielleicht doch im Großen und Ganzen ein komischer Kauz. Den Arbeitern unserer stahlharten Stahlarbeiterstadt war die Intelligenz nicht geheuer.

Mein Vater – ein Professor für etwas so Nutzloses wie Literatur – das machte auch mich verdächtig.

Keiner meiner Freunde kannte jemanden näher, der an einer Hochschule oder Universität beschäftigt war. Ihre Eltern und Großeltern waren stolze Arbeiter, Ingenieure oder wenigstens Erzieherinnen im Kindergarten des Stahl- und Walzwerkes unser Stadt, einer Bezirkshauptstadt der DDR, in der alles und alle mit diesen Großbetrieben auf irgendeine Weise verbunden waren. Die älteren Brüder meiner Freunde saßen abends mit Schwielen an den Händen am Küchentisch, erzählten vom Lehrmeister, der sie mit irgendeiner Sache vorführen wollte, von Kollegen, die sich über *die Stifte*, wie man die Lehrlinge nannte, lustig machten. Sie aber - mit allen Wassern gewaschen und vorgewarnt durch ihre ein paar Jahre älteren Kumpel aus der Straße – drehten den Spieß um und spielten dem ungeliebten Vorgesetzten einen Streich, was an den Abendbrottischen mit Schenkelklopfen begrüßt wurde.

So wollten wir auch einmal werden, so locker, so gewieft und tatkräftig. Richtige Arbeiter im Arbeiter-und-Bauern-Staat eben, mit ordentlichem Lohnstreifen am Ende des Monats.

Als Sohn eines Professors sahen meine Freunde eine solche Zukunft für mich jedoch nicht als selbstverständlich an. Ihre Vorverurteilungen wegen meiner Herkunft aus literaturwissenschaftlichem Hause schlichen sich wie böse Geister durch mein Kinderleben. Ich fürchtete mich vor ihren Fragen nach der Rechtschreibung irgendeines Fremdwortes oder einer grammatikalischen Regel, nach der besten Formulierung eines gefälschten Entschuldigungszettels oder einem Buchtipp für die Mutter zu Weihnachten.

„Keine Ahnung", war meine Standardantwort, auch wenn ich die Lösung kannte.

Keine Ahnung half mir, den Verdächtigungen ihre Kraft zu nehmen, bevor sie mir schaden konnten. Ich vermied es, mit einem besonderen germanistischen Wissen hervorzustechen, vor allem vermied ich es, über meinen Vater und seine Arbeit zu sprechen. Ich hielt geheim, dass sich seine Bücher in seinem Arbeitszimmer in Regalen bis zur Decke stapelten. Als ich Vierzehn war, hätte ich für nichts auf der Welt gegenüber meinen Freunden preisgegeben, dass ich jede Woche ein Buch las und schon vier Notizhefte mit meinen Gedichten bekritzelt hatte. So schluckten meine Freunde aus der Straße die Verdächtigungen hinunter und ließen mich auf Augenhöhe gewähren.

In meinem schulischen Umfeld entwickelte ich Verhaltensweisen, um mich unauffällig, ja fast unsichtbar zu machen. Mein so aufgebauter Ruf als stiller aber verlässlicher Mitläufer, als verschwiegener Freund, der jedes Geheimnis bewahren konnte, ermöglichte es mir, für meine Mitschüler nicht als Außenseiter zu gelten.

Doch der Beruf meines Vaters machte mich auch für meine Lehrer in der Schule verdächtig. Die einen unterstellten mir eine im Hause des Professors

anerzogene Intellektualität, die ihnen Furcht ein-
flößte. Andere sahen mich als ihren Verbündeten an
gegen die schlichte Grobheit der Masse, gegen Unbe-
lesenheit und Kulturbanauserie.

Zu Letzteren gehörte meine Deutschlehrerin.

Sie hatte gerade erst ihr Studium abgeschlos-
sen, worüber sie stets mit Pathos und einem kleinen
Hauch Rechtfertigung sprach, als müsse auch sie in
der stahlharten Region dieser Bezirkshautstadt gegen
Verdächtigungen ankämpfen. Ihr Blick verschleierte
sich leicht, wenn sie wie beiläufig auch noch von ihrem einjährigen Teilstudium in der damaligen Sowjetunion erzählte und von den großen Werken der
russischen Literatur schwärmte. Die Mädchen unserer Klasse waren sich einig darüber, dass sie sich dort
unsterblich verliebt haben müsse, denn Herz-
Schmerz-triefende russische Lyrik konnte sie frei re-
zitieren.

Doch, so sehr sie sich mühte! Es war verge-
bens.

Ihre Interpretationsübungen prallten vollständig an den jugendlichen Köpfen meiner Mitschüler ab. Wozu diese kryptische Poesie? Sie entlockten
den Versen keinen Sinn. Unsere junge Lehrerin schien
sich daran die Zähne auszubeißen.

Wie konnte nur ein so zartes Wesen wie meine Deutschlehrerin ausgerechnet zu uns in die Arbeiterhochburg des Stahls beordert werden?

*

Es war an einem ersten warmen Frühlingstag. Unsere Lehrerin meinte wohl, es sei passend, sich der Wetterlage entsprechend mit Liebeslyrik zu beschäftigen. Lyrik? Gedichte? Analyse? Nein. Noch schlimmer: Interpretation! Diese Reizwörter lösten sofort im Klassenzimmer Aggressionen aus. Wozu sei das gut? Kein Mensch spräche so? „Laber Rhabarber", rief einer durch den Raum, gefolgt von einem zustimmenden Raunen durch alle Bankreihen hinweg. Der Lärmpegel stieg, bis „Laber Rhabarber" sich zu einem Sprechgesang erhob.

Plötzlich Stille.

Ruckartig hatte sich unsere Lehrerin erhoben und vor dem Lehrertisch mit verschränkten Armen und straff gerecktem Oberkörper postiert. Als wäre sie von einer plötzlichen Kurzsichtigkeit geplagt, hielt sie ihre Augen angestrengt zusammengekniffen. Das Maß war voll. Ihre Mimik zeigte eindeutig: sie kochte innerlich. Ein Blick unserer Lehrerin traf den wagemutigen Lyrikverachter, ein Blick, den ich ihr in dieser Boshaftigkeit nicht zugetraut hätte.

In ihrem schmalen Sichtfeld der Wut suchte sie mich. Vor der endgültigen Kapitulation schien es ihr einen Versuch wert zu sein. Wenn schon so einer in der Klasse sitzt, dann muss er jetzt herhalten.

„Erklär du es ihnen", rief sie mir entgegen. „Erkläre ihnen, wie schön Gedichte sein können."

Ihre Stimme zitterte. Dann setzte sie sich und wandte sich resigniert dem Klassenbuch zu.

Alle Augenpaare waren plötzlich auf mich gerichtet.

„Ich? Ich…, nein, echt Leute! Ich nicht", stotterte ich kopfschüttelnd.

„Ist doch eine gute Idee", meinte ein Mädchen aus der ersten Reihe, die sich freundlich zu mir umdrehte: „Mach das doch. Ich wette, du weißt, wie man Gedichte interpretiert."

„Aber nimm was Leichtes, sodass wir das alle kapieren," ergänzte ihre Nachbarin.

„Ja, am besten, du schreibst das selber. Dann ist es nicht so schwer verquer", meldete sich mit hämischem Grinsen der Provokateur, dem wir die ganze Situation zu verdanken hatten. „Laber Rhabarber, schwer verquer", schob er noch einmal grinsend

nach, wodurch er sich eine Kopfnuss seiner Bank-
nachbarin einhandelte, wohl aus Angst, dass unsere
junge Lehrerin auch diese Ironie übel nehmen könne.

Kopfschüttelnd starrte ich auf die Tischplatte.
Minutenlang. Doch dann...

Irgendetwas führt unerklärlicherweise uns
Menschen manchmal dazu, etwas zu tun, das uns jede
Zelle unseres Körpers eigentlich verbieten möchte.
War es Mitleid mit meiner Deutschlehrerin, Ärger
über meine Mitschüler oder der plötzlich erwachte
Ehrgeiz in mir? Vielleicht war es auch eine spontane
Erkenntnis, noch nicht im Verstand abrufbar, aber in
der Seele schon zu spüren. Vielleicht ist die Zeit des
Versteckens vorbei.

Unsere Lehrerin hatte sich inzwischen zu
meinem Platz begeben und mich mit stiller, versöhn-
licher Stimme angesprochen. Die Idee sei doch gar
nicht so übel. Vielleicht wären meine Mitschüler einem Gleichaltrigen gegenüber aufgeschlossener.
Dann fuhr sie im Unterricht fort. Sie ließ uns die
Schritte einer Lyrikinterpretation im Lehrbuch nach-
lesen.

Meine kaum hörbare Zusage, die ich ihr am
Ende der Stunde im Hinausgehen zuraunte, quittierte
sie mit einem freundlichen Nicken.

„Zum Mittwoch nächster Woche. Schaffst du das?"

So einfach war es. Unüberlegt und ungeplant. So einfach riskierte ich die Aufgabe meiner jahrelangen Tarnung. Und es fühlte sich gut an.

Zu Hause durchsuchte ich meine Notizbücher nach einer bereits ausgefeilten Formulierung. Seltsam. Nichts schien mir brauchbar. Keinen meiner Verse hätte ich der Klasse vorstellen mögen, ohne mich nicht vor ihrem Spott zu fürchten oder sie intellektuell so zu überfordern, dass sie mich für einen Spinner hielten.

Die ganze Nacht hindurch formulierte ich etwas, was nach Lyrik klingen sollte, was eine Aussage, ein Gefühl hinter einer Metapher versteckte und doch schnell erfassbar wäre. Ich kam nicht voran, strich meine Ideen immer wieder durch und formulierte neu. Um keinen Preis würde ich meinen Vater hineinziehen, dachte ich mir. Schon ohne seine Anwesenheit hatte ich eine Schere im Kopf, die - ganz den Vorurteilen meines Umfeldes entsprechend – meine Vorbildung durch zahlreiche Gespräche mit meinem Vater über Lyrik offenbarte. Ich rang und kämpfte mit meinem Gehirn, das vor Anstrengung zu glühen schien. Ich brachte es nicht zustande.

Das Wochenende verging. Mir fiel einfach nichts ein.

Am Montag nach der Schule ließ ich mich erschöpft auf mein Bett fallen. Von Kreativität noch immer keine Spur. Morgen muss das was werden!

Es muss! Es muss! Muss! Muss! Muss!

Dann gab ich mich der Müdigkeit hin und schlief sofort ein.

Ich erwachte nur wenige Minuten später, als meine Mutter an die Zimmertür klopfte, um meinen Freund aus dem Nachbaraufgang anzukündigen.

Obwohl Rolf zwei Jahre älter war als ich, waren wir Freunde seit Kindergartenzeiten. Ein Freund, der einfach mein Freund war, weil wir uns im Innenhof der Häuserblöcke zum Spielen und später zum heimlichen Rauchen trafen, weil wir in unseren Kinderzimmern gemeinsam Westradio hörten oder mit den anderen Jungs aus der Gegend auf den Klettergerüsten herumlungerten. Inzwischen trafen wir uns nicht mehr zufällig, denn jeder hatte sein Tagwerk in einem anderen Lebensumfeld. Rolf in der Berufsschule des Stahlwerks und ich in der 8.Klasse der Polytechnischen Oberschule. Doch wir verabredeten uns noch immer gern und zogen dann meist ziellos um die Blöcke.

Ungewohnt zögerlich stand Rolf in der Tür, noch ganz in den Arbeitsklamotten, gerade vom Stahlwerk heimgekommen. Er wolle nur kurz etwas mit mir besprechen, meinte er mit einem Zwinkern, das mir zeigte, dass er das gern an einem anderen Ort tun würde. Also gingen wir hinaus, saßen auf der

Mauer vor dem Konsum und tranken eine Fass-
brause.

Rolf tat sich schwer, sein Anliegen vorzubrin-
gen, dabei war er sonst ganz und gar nicht auf den
Mund gefallen. „Brauchst du Geld?", fragte ich ihn
schließlich, um ihn von diesem Gestammel zu befreien. Ich bot ihm fünf Mark an. Mehr konnte ich gerade nicht lockermachen. Hastig schüttelte Rolf den
Kopf, dann trank er noch einmal sehr langsam einen
Schluck und schließlich reichte er mir einen Zettel,
schon recht zerknüllt vom tausendfachen Öffnen und
wieder Zusammenfalten. Mit fragendem Blick nahm
ich ihn und legte die vielen Faltschichten frei, bis sich
seine kraklige Schrift zeigte.

„Was ist das?", wollte ich wissen. Doch er
deutete nur mit einer Kopfbewegung an, dass ich lesen solle.

Rolf hatte ein Gedicht geschrieben. Einen
kleinen Vierzeiler. Ein Liebesgedicht für Marita, die
in der Berufsschule neben ihm saß. Marita, mit der er
manchmal ein Lehrbuch teilen musste und die ihn immer abschreiben ließ. Marita, die aus der Hauptstadt
kam und im Internat des Stahlwerks wohnte. Die immer Berliner Weiße trank, wenn sie in der Clique irgendwo unterwegs waren. Marita, die selten lächelte,
die manchmal scheinbar grundlos einen herzzerrei-
ßend traurigen Blick aufsetzte und die kaum ein Wort
sprach. Soviel wusste ich. Denn Rolf erwähnte Marita

100

immer mal wieder wie beiläufig, ohne dass ich bemerkt hätte, dass er sie wirklich gernhatte.

Du bist so schön von Kopf bis Fuß
und auch am Rücken.
Für einen Kuss voller Entzücken
geht mein Herz dir Blumen pflücken.

Meine Sprachlosigkeit verunsicherte Rolf sofort.

„Ist Mist, stimmt´s?"

„Nein, nein, halt, warte, nein!"

Ich las die Zeilen wieder und wieder und schließlich laut. Als ich aufblickte, traf ich Rolfs Blick, von Peinlichkeit erfüllt, was so gar nicht zu meinem Kumpel aus dem Stahlwerk passte.

„Nein, Rolf, hör zu. Ähm...," stammelte ich.

„Es sagt alles, was du fühlst, denke ich. Aber..."

Ich zögerte, suchte nach passenden Worten.

„Geht mein Herz dir Blumen pflücken. Hm?" murmelte ich halblaut. „Das ist irgendwie gut."

Rolfs Mimik erhellte sich, wenn auch die Skepsis blieb.

„Ich dachte, du kennst dich mit sowas aus", meinte er etwas zögerlich und sah mich erwartungsvoll an.

Das war es!

Geht mein Herz dir Blumen pflücken.

Das war die Lösung!

Ich sprang von der Mauer und hüpfte mit dem Zettel in der Hand um Rolf herum.

„Geht mein Herz dir Blumen pflücken. Es ist die beste Zeile, die ich jemals in einem Gedicht gelesen habe. Wirklich man. Okay, der Text davor ist ein bisschen schlicht, aber diese letzte Zeile! Genial! Die reißt alles raus. *Geht mein Herz dir Blumen pflücken.* Du kleiner Goethe!"

Ich wuschelte ihm durch die staubigen Haare.

*

Zwei Wochen später erfuhr ich, dass Rolf das Gedicht noch einmal in Schönschrift abgeschrieben hatte. Blaue Tinte auf kleinkariertem Schulpapier. Und Marita freute sich und schrieb ihm ein Antwortgedicht.

Wahnsinn! Das feierten wir im Stadtpark versteckt hinter Büschen mit einem Doppelkorn, den Rolf in einer fast geleerten Flasche aus dem Stubenschrank seiner Eltern entwendet hatte.

An diesem Tag brachte ich auch den Mut auf, Rolf zu beichten, dass ich seine geniale Zeile gestohlen hatte. Ich erzählte ihm vom Auftrag meiner Deutschlehrerin und meiner Verzweiflung. Er hatte mich gerettet. Seine Verszeile war meine Lösung. Rolf schwankte zwischen Ungläubigkeit und Stolz, als ich ihm von der Begeisterung meiner Klasse und meiner Lehrerin berichtete.

„Ihr habt echt meine Zeile wie ein Werk eines großen Schriftstellers auseinandergenommen, interpretiert, gedeutet und so?"

Das hatten wir. Und ich erzählte ihm auch, welche Bedeutungen zusammengetragen wurden: Das Herz sei in glücklicher Stimmung, weil Blumen für etwas Schönes stünden. Blumen pflückt man, um sich oder anderen eine Freude zu machen, also stünde der Satz dafür, jemanden froh sehen zu wollen. Und so weiter.

Wir boxten uns freundschaftlich auf die Oberarme.

„Geht mein Herz dir Blumen pflücken", murmelte Rolf kopfschüttelnd. „Ist mir einfach so eingefallen."

Ich hatte vor der Klasse sogar ehrlich zugegeben, dass diese wunderbare Verszeile von meinem Freund verfasst wurde. Doch das Lächeln meiner Lehrerin zeigte mir, dass sie es wohl für eine Ausrede gehalten hatte. Egal. Ich hatte es geschafft, ich konnte meinen Mitschülern mit einer einzigen Verszeile die Kraft sprachlicher Bilder beweisen.

Nur eines musste ich dafür in Kauf nehmen:

Die mühsam errichtete Mauer, die mich demonstrativ als literaturunkundig ausweisen sollte, war gefallen.

Glücklicherweise, denn ungeachtet aller Sticheleien meiner Freunde galt das Schreiben nun als eine meiner besten Fähigkeiten, der ich selbstbewusst nachging.

Als ich wenige Jahre später meine erste Lyriksammlung einem Verlag anbot, schrieb ich aufgewühlt und noch immer Rolf dankend in meiner schönsten Handschrift auf die Titelseite:

Geht mein Herz dir Blumen pflücken.

Statt eines Nachworts

Sehr geehrter Anton Tschechow,

Sie ahnen es: Dieser Brief ist eine Liebeserklärung.

Bitte nehmen sie es mir nicht übel, dass ich diese Liebeserklärung nicht Ihrer Person, sondern Ihren kurzen Geschichten und Erzählungen ausspreche.
Selbstverständlich begeistert mich auch Ihre Persönlichkeit. Als Arzt behandelten Sie die Ärmsten der Armen unter der Landbevölkerung kostenfrei. Oder: Sie fuhren auf die Insel Sachalin, um sich für eine Verbesserung der Lage Strafgefangener einzusetzen und ganz besonders begeistert mich, dass Sie sich Zeit Ihres Lebens für den Bau von Dorfschulen engagierten.

Hier aber sei nun ohne Umschweife meine Liebe gegenüber Ihrem literarischen Werk offenbart, insbesondere gegenüber den kurzen Geschichten, die den Alltag der Menschen Ihrer Zeit in den Mittelpunkt stellen. Ich gestehe, dass meine Zuneigung all den tragischen, mutigen, einfältigen, großspurigen, nachsichtigen und großherzigen Figuren gilt. Und ich gestehe auch, dass diese Liebe schon sehr lange anhält.

Sie hat sogar einen gesellschaftlichen Umbruch überdauert und meine zahlreichen runden Geburtstage.

Diese Liebe begann, als ich in die vierte Klasse ging. Im Literaturunterricht begegnete mir *Wanka*, mit dem ich so traurig war, dass ich am liebsten zu ihm ins Lesebuch gestiegen wäre, um seine Einsamkeit und seine Qualen in der Lehre beim bösen Schuster zu beenden. Später in der achten Klasse beeindruckte mich *Die Frau ohne Vorurteile*, die erst in der Hochzeitsnacht erfährt, dass ihr Bräutigam einmal sehr arm war und in einem Zirkus arbeitete. Später litt ich mit einem Liebespaar, das *Der böse Knabe* schikanierte und niemals werde ich vergessen, wie mich als Studentin die Erzählung *Krankenstation Nr.6* tief bewegte.

Lieber Herr Tschechow, allein aus meiner großen Begeisterung für Ihre Kurzgeschichten und Erzählungen heraus, habe ich den Mut aufgebracht, nun schon zum zweiten Male eine Ihrer Geschichten in meine Gegenwart zu holen.[1] Selbstverständlich brauchte es einige Jahre, den großen Brocken Ehrfurcht vor Ihrem literarischen Schaffen, den ich in mir trage, als Inspiration und Ansporn und nicht als Schranke zu sehen. Das Adaptieren ist für mich ein sehr herausfordern-

---

[1] „Die Dicke und die Dünne" in: Tina Furahn: Und schließlich sogar Sonnenuntergang, BoD 2022
„Der Besuch" in: Tina Furahn: Geht mein Herz dir Blumen pflücken, BoD 2024

der Schreibprozess. Es soll ja keine Kopie mit Aktualitätsanschluss herauskommen. Vielmehr möchte ich Ihre literarische Größe zeigen, möchte zeigen, wie zeitlos und liebevoll Sie die menschlichen Laster und Schwächen beschreiben und wie diese uns auf humorvolle, unterhaltsame Weise vorgehalten werden. Wer sich damals wie heute auf Ihre Geschichten einlässt, ist bereit, auf sich selbst einen augenzwinkernden kritischen Blick zu werfen.

Ich wünsche mir, dass vor allem auch junge Leserinnen und Leser Ihren Geschichten begegnen, dass sie mitfühlen, sich mitfreuen, dass sie erzürnt sind über Ungerechtigkeit und nachgiebig gegenüber menschlichen Fehlern, die den Figuren unterlaufen und vor allem, dass sie das Lesen Ihrer Geschichten lieben. So sehr, dass Ihnen in weiteren einhundert Jahren eine Leserin oder ein Leser einen begeisterten Brief schreiben möge.

Herzlich.

Ihre Tina Furahn
März 2024

Tina.Furahn@online.de